咸泡饭

著

我得过最重的病，是想你

Wuhan University Press
武汉大学出版社

目录

推荐序

植物向光人向爱

文／苏美

　　大概就是这几年吧，说"爱"突然成了一件羞人的事，尤其是男女之爱。更有甚者，认为一把年纪还在说"爱"不堪入目，珍重此情俨然已经成了经历匮乏、心态幼稚、性格缺陷、不肯成熟的标志，需要被警醒，被棒喝，被拯救，连篇累牍的皆是如何强大自我、跳脱世情的训导——什么时候历经风尘、心如槁木成了可以骄之于众的资本了？

　　植物向光人向爱，任何一个感受过焦灼、悸动、甜蜜、失落和痛苦的人，都无法忽视在这个过程中感受的自我。在这些纠缠扭打之中，你可以清楚地感受到自己的存在，你飞速的脉搏、紧张的呼吸、温柔的拥抱带来的舒展，天高水远的宁静，求而不得时撞击胸腔的痛楚，得而复失时恨不得以死相抵的绝望——这一切让人感受到自己存在，一个人形的容器，满溢着欲望，想吃，想美，想喊叫，想爱。它不是游魂野鬼，混吃等死，而是血肉之躯，它存在于此时此刻，不容置疑。人生来就是受罪的，生老病死怨憎会爱别离求不得，活一趟天注定就是一条通往暗夜之路，赤手空拳站在起跑线上，除了擎一柄爱的火把照点亮取点暖，还能做什么？当我们回首往事，总会因为自己没有爱得更多而懊恼，因此才会追忆、遗憾、哀叹、不可追，而至于无言之言就是天高云淡，忘了拉倒。

我曾经非常渴望自己是一名同性恋，因为在个人的臆想里，大概同性之间的频道比较容易接通，这样在情爱的道路上能少一些坎坷和折磨。男人和女人如此之不同，即便耳鬓厮磨朝夕相对，想要做到君心知我心，真不知道要经历多少拉大锯扯大锯的无谓内耗，兜兜转转筋疲力尽，发现又回到原点时那真是有种活见鬼的气急败坏，而至于那些初入江湖的少男少女，满心指望与对方有细胞级别的默契和毫无磨损的编解码机制——前排买票坐等有人心碎。

可事实是，我不得不承认，跟男女关系不大。即便我爱上一个女人，大概也少不了纠缠搏斗两败俱伤。人心就是一座迷宫：最初我总怀疑对方的迷宫是豆腐渣工程，设计图纸和施工方案是不是有重大缺陷，本身就不具备通关抵达的可能性；后来又直觉迷宫的主人在高处俯瞰我如蝼蚁般四处突围，而他在不时地搬动闸门，把活路堵成断头路，我的焦灼和气馁不过徒增他的乐趣罢了。可是现在，我得说，二者皆有可能，而且更糟的是，他被困在迷宫的中央体验着同样的火急火燎，而且一样手足无措；但最糟的是，迷宫中央空无一人。

我曾经认为两情相悦殊为难得，但现在平和多了，觉得互相瞧不上才是大和谐，有种难以言喻的自然。前途的伟大拦不住道路的曲折，男欢女爱的剧本里最让人焦心的大概就是"上赶着"这个状态了。我上赶着爱你，你爱她，她爱他，他又爱他——这个圈子如果足够大，肯定有谁必须得回来爱上我。但现实情况大多是，这条链子消弭在不可见的人群里了，没有回来过。并不是付出就有回报，爱的能量在宇宙里并不守恒，而是莫名其妙地杳无踪影，这在物理学上简直无法解释。同样无法解释的是爱的发生，真当得起"空穴来风"四个字，解释起来总是似是而非，抓不到痒处，大概因为爱这个东西不在逻辑之内，也不在思维之内，它是一种什么东西？纯度很高，我无法说出它。它的显形方式很多，两个人可能是山长水远一粥一饭，可能是杀人放火无恶不作，不管按照个人趣味来说算病态还是常态，可那当真全是爱。

恋爱无疑是双人项目中伤病率最高的运动了，两情相悦大概也抵不过时间的消磨，终成眷属的完美在于没有续集，说到底，除非死掉一个，否则谁也说不好会不会有神转折，比较起来，趁着年轻好说好散真有侠义之风，大概就是点到为止，心热血热伤口愈合速度都快。情伤大概是最不被尊重的疾病了，去医院问诊都不知道挂哪个科得体。诉说情伤很少能得到同情和尊重，这里面估计有自作自受和咎由自取的意思。日渐粗粝的人心里很难再榨取出什么同情，一来人世艰难，大概不房倒屋塌就算三生有幸，男欢女爱的小情绪值什么呢？二来是情伤大概算是常见病，久病成医的有之，自带抗体的有之，病愈免疫的有之，头掉了碗大个疤的也有之，各有各的圆通法门，二手经验完全没有借鉴意义。情伤过后对爱的态度方显人的智慧。那些缩首畏尾从此远离爱的人，不过是学会了算计投入产出比的市侩，和成熟一点儿关系都沾不上，而那些休养过来继续寻找爱的人，因为没有背弃爱这一条活水，倒是越老越智慧。

纯爱时代的爱情最被歌颂，大概是彼时人还依靠本能，尚未进入"精明就是成熟"的恶性价值体系之中，这时候的人都是自己的上帝。手一指：这是爱情——那它就是爱；说：这是好的——爱就好起来了。当人离开自己，被常言俗语掏吃一空，大部分的所谓爱情其出发点都在于：我比你高级。

出身之别，经济阶层之分，社会地位高低，甚至还出现依靠品位优劣来界定爱情的方式，喝咖啡的看不上吃烤串的，看康德的瞧不上看《故事会》的，看法国文艺片的看不上看国产婆媳剧的——这都是自断慧根，画地为牢。

让我来为本书作序，按道理应该谦虚谨慎地表示"不胜惶恐"。惶恐倒真谈不上，但力有不逮是肯定的。我想爱很多，却左右不得法，归根结底不过是患得患失，这是和生活狼狈为奸的后果，我也只能接受。希望大家能爱得更多。

苏美，畅销书作家，著有《倾我所有去生活》

自序

　　这是我生的第二个书娃，从构思到完稿，用去了差不多两年时间。因为不是所谓的"处女作"，所以它更随便，更畅快，更奔放，时见风骚。显然，它遗传了我的闷骚气质，哈哈哈。

　　我的上一本书名叫《我知道没有人值得我羡慕》，如果非要概括的话，那么它传达的是对待生活的从容、豁达、自信的态度。这本书想要表达的则是：在爱的世界里，没有人能避免受伤，所以，干脆甩开膀子去折腾，去爱，爱，爱吧！

　　就像岁月的杀猪刀总会毁掉漂亮姑娘一样，红男绿女无不向往爱情。然而，我们正在经历的爱情往往无疾而终，相爱的两个人最终"在一起"是个小概率事件，但是没有人能戒掉爱情。那些情伤累累的人，再度拥抱它的时候还是奋不顾身。在爱情的脚下，我们都贱贱的，像条狗。

这本书的绝大部分故事与爱情有关。世界末日那年，我的一位小伙伴再度沦为"右手先生"，他离婚了；另一位红颜却迫不及待地宣布："老子以后用不着在光棍节黯然神伤了！"她和她的"MR. right"闪婚了。每逢情人节，有朋友在微博和朋友圈里大秀恩爱照，也有朋友坚持认为：独自过一个没有情人的情人节是一件很酷的事情。有人贪恋感情，爱别人爱到丢了自己；有人为情欲所惑，滑向道德深渊……这些故事不是你的，但一定与你相关，因为它们本质上是关于如何在爱的世界里互相成全，如何在坚硬的现实中强大内心，如何与生活、与真实的自己温情相拥，活出由衷的快乐。

写出满意的文章，总要急吼吼地贴出来和朋友分享，这大概是写作者的通病，我也不能免俗。但我没想到，在空间贴出几篇文章之后，讨伐我的声音就没有中止过。女同事们纷纷表示对我失望，她们用鄙视的眼光上下扫视我，然后说："真想不到，原来你是个花心大萝卜！"因为我在文章里写了"我"和许多女人的情事。孩子她妈更是质问我："在泡我之前，你究竟糟蹋过多少姑娘？"

我是被冤枉的。虽然我在感情上不是什么好人，辜负过姑娘的真心，但实在没那么多艳福，更没勇气去消受那么多感情。这本书是"短故事"集，文中的"我"也是主人公，是写作的一个视角。之所以用了那么多"我"，一是因为给主人公起一个好听又合适的名字很费脑细胞，二是由于"我"这个视角更有代入感，易于亲近读者诸君，也能更痛快地让我表达情感体验。所以，关于"我"的情事自然不全是我的。

这本书依然送给潘书雅小朋友，你出落成美人胚子了，期待你成长到给这本书提出批评的那一天。

沉默不语却爱你好深

不可救药的喜欢和莫名其妙的孤独，
都是人生中的无可奈何。

谁是谁的
战利品

一

　　人类是复杂的物种，原因之一就是说不清自己究竟喜欢什么类型的异性。在遇见小七之前，我以为自己口味包容，淑女与萝莉通吃，妖媚共清新皆爱，狂野型的，傲慢型的，温婉型的，柔弱型的……我都能轻易喜欢。那时候我刚上大学，钞票和女友一样也没有，只有大把的时间和用不完的荷尔蒙。走在偌大的校园里，幻想着与迎面而来的女神或多或少发生一点关系；我时常意淫，渴望外遇，与天下的男人一个德性。我觉得自己是一个随便起来不是人的情种，没有下限可言。当然，这一切在小七出现之后都像浮云一样飘过，事实压根儿不是我想的那样。

那天，小七像泥鳅一样滑进舞池，随着音乐款款扭起她的小蛮腰，摇晃的霓虹灯迷离而暧昧，那个我自认为熟悉的七小姐一下子变得无比陌生，让我捉摸不透。我意识到自己落后了。我这个土鳖和傻叉，像拖油瓶一样出现在小七身旁，还自诩为她的恋人。我们就像两个抱团去打怪兽的英雄，小七已经升到了不费吹灰之力就可以秒杀对手的级别，而我只是小喽啰，遭遇大怪还得逃命来着。这怎么平等呢？

所以，跟小七拍拖，我时时处处显得低声下气，像扶不起的智障阿斗。小七绕着桌子把台球击得啪啪作响，我只能坐在一旁尴尬地瞪眼；她在溜冰场呼哧呼哧地飞驰，我却不得不扶着栏杆小心翼翼地提防着屁股摔开花。她能把什么都玩得团团转，而我什么也玩不转，这也许是我在她面前自卑的另一个原因。

其实小七看上去是挺文气的女孩，事实上她确实有很文气的一面。我陪她一起上过课，她专心起来的模样能骗过任何一位老师；她的课堂笔记一笔一画，字迹工整。她的成绩也不赖，拿奖学金是常事，还光荣地入了党。在一起相处的大多数时刻，她都乖巧地拽着我的胳膊，小鸟依人。我索吻的时候，荡漾在她脸上的羞赧表情也绝对不能假装。然而，文气不是她的全部，甚至连五分之一都不到，她的身上还藏着其他的气质，常常亮瞎我的眼。她不是三言两语就能说得清楚。

我一度自以为是胸怀大志的人，可后来我只想当一个写小说的，而且对此也慢慢不确定起来。写小说是一件很消磨意志的事情，费了吃奶的力气，终于把文字变成了铅字，却也只能在阅览室翻看杂志时自己偷偷乐呵，没人知道你是你。不过，认识小七倒是因为写小说这件事，这也许是它带给我的最大意义了。小七是在校园BBS上看到我胡编乱造的文字，然后给我留言的。出于礼貌，我回复了她。然后你来我去，就聊上了。我发挥了自己的小聪明，在聊天的内容中略带勾引的话语，就像任何一个男人引他的猎物上钩一样。我没有料到，这个毫无意义的ID背后，藏着让我痛不欲生却甘饮鸩毒的小妖精。伟大的、万能的马克思早就说了，矛盾对立的双方是可以相互转化的。我以为自己在打猎，却彻彻底底地沦为别人的战利品。

二

我第一次见到小七之后，本已少得可怜的自信心就荡然无存了。我想，这样的完美女孩我高攀了，即便得手，也是罩不住的。我还是不要像CT扫描一样描述小七的外形了吧，总之，她的身材、长相、服饰、气质，无一处不妥帖，无一处不是我喜欢的。喜欢有程度的不同，有浅浅的喜欢，也有深深的喜欢。那些淑女型的、狂野型的、妖媚型的……我都喜欢，可是见到小七，我会心疼，会自卑，会直接无视其他任何类型的女人。我对小七的喜欢到了狭隘的程度。

约见的地点在教学主楼的第21层。深秋的傍晚，夕阳烧红了半边天。我斗胆捏住了小七的手（你应该能猜到我为此纠结了多久），她没有拒绝我。然后，我们就像两位抒情诗人一样沉默不语。我偷瞄她一眼，她有时候也看我一下，虽然不说话，但是没有觉得不自在。如果时间在此刻极速向前，瞬间把我们甩到人生的终点，我大概不会觉得人生有太多遗憾。这是我一厢情愿的想法，小七肯定不这么想。

我以为，牵过手，打过Kiss，就算确立男女关系了，在小七看来，这是多么土鳖的想法啊。那是我们牵手后的第二个学期，世界杯狂潮席卷了整个校园，到处都能听到解说员抑扬顿挫的叙述和球迷的尖叫声。我对此漠然视之，没错，我不喜欢足球，我只想在夜幕降临之后爬上床，安稳地睡个美容觉。这个起码的人权在那段时间成了奢望。大家都堵在电脑屏幕前盯着一群人追着一个皮球疯跑，凝神屏息或者呐喊不止。这样的情况持续到第五天的时候，我决定暂时逃离宿舍，住到宾馆里。虽然不得不为此支付额外的费用，但是我们必须对自己好一点，所以这些破费也就可以忍受了。在做出这个决定的同时，一个邪恶的计划也在心头冉冉升起。

我用假装的平淡口气对小七说："宿舍太吵了，打算去宾馆睡几宿，你去吗？"

小七用一如既往的无谓口吻回答，好啊，去啊。

宾馆果然是好地方。小七像一本书一样被我展开了，我做好了所有的铺垫，准备去做男女之间最终极最神圣的那件事，小七适时地停止了。

她说，我们只是朋友。

你应该能想象我当时的生理反应吧，脑子就像被一颗洲际导弹命中了。我茫然无措地躺到一边，等待爆炸停息。

小七说过，她爱过两个人。一个是初恋，不过她现在恨他，因为是他甩了她；另一个不知道怎么称呼，他是有妇之夫，还是一个两岁小女孩的爸爸。

小七向我说起后者的时候，特意给我打预防针。她问我：你不会生气吧？

我说："不会，你但说无妨。"

然后，小七说，她很爱他，爱到了想做小三儿的程度，想做拆散别人家庭的坏人，可是，当她得知他还有一个乖巧女儿之后，她放弃了这个想法，并且狠心地对他说了绝情的话，从此不再联络。

我听完她的故事，确实没有生气，在包容这一点上，我做得还算不错。小七是一个有故事的女同学，故事多何尝不是一件好事。起码可以在老掉牙的年纪，回想青春，不觉得辜负了好时光。

我一直不确定自己在小七心目中的地位，不敢也不想直接问她。我知道，这个问题听上去无比傻叉，而且不会有准确答案。小七才不会思考这个问题，她是纯粹的感觉派。如果不喜欢我，她是绝不会让我碰她一根手指头的。可是，她对我说过的缠绵情话里，只有"喜欢"，没有"爱"。

三

转眼间就到了学期末尾。我像往常一样每晚约小七出来，带一份蛋炒饭给她，或者请她吃冷饮，或者向她借一把剪刀……我只是想见见她，牵着她的手在晚风吹拂的校园里晃荡一圈。风吹起她的裙子和长发，让人如坠梦幻。直到现在，我都觉得那是自己真正拥有过的青春时光。风轻云淡的夏夜，伴随着小七身上特有的香味，那就是记忆中青春的味道。虽然一晃而过，却刻骨铭心。

可是，小七越来越频繁地拒绝我的约见，她回复我的短信字数越来越少，口气越来越冷淡，有时候干脆置之不理。我隐约觉察到一丝不妙。那天晚上，她终于不再迎合我的亲吻。在我的追问下，她冷冷地说，觉得在一起没意思了，想分手。

我追问，为什么？

小七没有回答。

我很快意识到这个问题既傻叉又多余，喜欢一个人不需要理由，不喜欢一个人当然也不需要理由。

如果非要在我身上找一个明显的优点，那很可能就是有自知之明。我不是不能接受小七提出的分手，而是需要多一点时间来接受。小七是那个可以秒杀对手的英雄，而我的级别远远不够。无论长相、气质还是背景，我都平凡得一塌糊涂，属于扔到人群里就怎么也找不出来的那种。小喽啰和大英雄拍拖，从一开始就显得有点胡闹。

好在接下来就是暑假，我们各自回家，不再见面。难受到忍无可忍的时候，我就给小七发短信，或者在QQ上给她留言。她一般不会立刻回复，但或迟或早都会回复我，简单的回答和可有可无的问候，语气官方。我忽然发现与她已经到了无话可说的陌生的地步。我想，自己这样黏黏糊糊的，一定让小七看不起。于是，狠下心，删掉了小七的所有联系方式，我以为这样就可以一了百了。

直到有一天，我收到了小七发来的短信。当时，我正穿着裤衩，仰面躺在地板上，享受冰镇可乐和空调送来的徐徐凉风。等到太阳光稍微温和一点，我就骑车去篮球场，体验在酷热的夏天挥汗如雨的滋味。这样的日子我已经重复一段时间了，我甚至已经开始冲路过篮球场的美女吹口哨了。

可是，小七发来了短信。她说：我下午跟我爸的车一起去你那儿玩，要不要出来见一下？

就好像一道闪电紧跟着震耳欲聋的雷声，看到短信，我从地板上一跃而起，高兴得手足无措。我屁颠颠地赶到小七指定的地方，东张西望地寻觅她的身影。我臆想了无数种可能的重逢情形。小七终于出现在眼前的那一刻，我意识到，无可救药地迷恋一个人，是天生注定的。我慢慢在内心建立的所有防御，在她出现的那一刻轰然倒塌。我所做的努力根本敌不过那个熟悉的身影。

小七似乎忘记了我们已经分手，她叽里咕噜地说了很多话，说到精彩的地方还像从前那样狠狠踹我一脚。她抓起我的手放到小腹上，逼问我有没有长胖，我直摇头说不胖不胖，她就决定去吃草莓冰激凌了。上电梯的时候，我们的手已经牵在一起了。这一切像是一个梦，太不真实了。

我们和好如初，好像什么也未曾发生。小七没有给我任何解释，我当然也不想提起或者询问一些什么。在一起才是最重要的，其他的都不在话下。

四

我的暑假因为小七而变得繁忙起来，除了频繁地去她的地盘与她共度美好时光之外，我还参加了一个轮滑俱乐部和一个户外骑行协会，办了一张健身卡。只要高温不至于热死人，我都会准时运动。这是提升级别的办法。我想，我应该在某些方面优于小七，这样才有夸耀的资本。小七曾郑重地告诉过我，她喜欢有男人味的，这也是我热衷于运动的原因之一。我天真地以为鼓鼓囊囊的肌肉就等同于男人味。

其实，我还在这个暑假偷偷开始了考研的准备工作。我是在大二定下这个目标的。既然制定了目标，那就得付诸实践。人生的原则总要遵守，否则还有什么意义存在？我没有向小七提起过这件事，因为不想让她觉得我是一个咋咋呼呼的人。直到我过了国家线，颇有把握地等待复试的时候，才告诉了小七。我考的就是本科时就读的学校，导师都是熟悉的任课老师。

小七得知后，说："知道了，看来你又得再读三年书了。"

她应该挺同情我的，而且她一向是个反应不过激的人，不会用一惊一乍的语气表达她对某事的看法。我一度怀疑她是个没心没肺的人。

大四上学期过得波澜不惊。其间，有两个男生明摆着要泡小七，先是短信搭讪，然后QQ聊天，再是送礼请客，最后电话表白……走完了老套而实用的"把妹程序"。其中一位是理科男，据说家底颇丰。小七对我毫无保留，我们躺在小旅馆的床上，她一五一十地讲述了他们无聊的追求过程。

没有任何时刻让我觉得比此刻更幸福了。你抱着心爱的女人，而她正和你谈论着泡她的别的男人，口气里带着揶揄，她的身体和内心都向你坦白了，这感觉是无与伦比的美妙。

对了，我们还吵过几次架，起因我不记得了。我不是吃素的，所以跟小七吵架了，但归根结底我还是吃素的，所以首先说"对不起"的总是我。小七和大多数女生一样，哄一哄就阳光灿烂。

过完最后一个寒假，小七没再回学校上课。她在地方报社当实习记者，月薪八百元，据说转正之后会有所提高。她变得忙碌起来，不再有无穷无尽的时间和我煲电话粥，留言和短信也很少及时回复。报社对记者的考核近乎苛刻，每天的空白版面都在等米下锅，截稿时间总是很紧迫。小七说，每天都被推着走，觉得很累。她还报了补习班，要考好几个证，枯燥透顶的教材摞得老高，像一块块砖头，等着她去消化它们。我听着就觉得头皮发麻。

我们约会的时间变成了晚上，我不想耽误小七的工作，白天就独自在她的城市瞎晃荡。大家都很忙，唯独我像鬼魅一样无所事事。虽然当小说家的念头一直在脑海里萦绕，但我写得不多，而且写得拙劣，我越来越羞于向任何人展示自己胡编乱造的那些东西了，更别说投稿了。我意识到一个人在三十岁之前写小说是一件颇为扯淡的事情，而一个写小说的人在四十岁之前成为小说家是一件不可能的事情。当然，这纯粹是个人看法，我也没兴趣和别人争论。我偏偏喜欢去人少的地方，有时候，路上只有我一个人，我隐隐觉得自己是突兀和多余的。在我目前的生命里，只有爱情，或者也可以这么说，小七就是我的全部。

小七变得利落了，背着我剪成了短发。先斩后奏是她一贯的风格。不过，她短发的样子同样好看。她天生就是衣服架子，穿上职业装也是千娇百媚。反正就是好看。看到她，我就确定自己付出的时间和耐心是值得的。跟心爱的人在一起，分分秒秒都充满了意义。

实习期间，她搬了两次家，我相信任何一位独自搬过家的女同志都能体会其中的不易。小七说，以后再也不想搬家了。要实现这个目标，唯一的办法是自己买房子。我相信任何人都知道买房子不是一件容易的事情。所以，小七的目标，起码不会在短时间内实现。

五

很快就毕业答辩了，之后是流水宴席和最后的疯狂。我搞不懂大家是为什么而伤感而愤怒，又是为什么歇斯底里和泪流满面。大家莫名其妙地尖叫、哭泣或者宣泄，仅仅是因为要毕业了吗？反正我不是因为这个。

离开学校之前，小七已经把所有值得带走的东西都打包寄回了老家。临走的时候，还是拖着重重的行李箱。我坐车送她。那时候，她已经成功地把"实习"两个字拿掉了。她租住在离报社不远处的一个老旧小区里。房子虽然破旧，但被她布置得很温馨。她的室友上晚班去了，她做了可乐鸡翅、牛肚炒青椒、酸辣白菜和番茄蛋汤，还准备了我们明天早上吃的夹心面包。看到她系着围裙在厨房忙得像模像样，我恨不得立刻娶她做老婆。她的厨艺很赞，可乐鸡翅做得真心好吃。

吃完饭，洗完澡，我们就躺到床上了。那天我不知道搭错了哪根筋，竟和她畅想未来。话没说多久，我就后悔了。因为气氛越来越沉重，我们深深意识到所谓理想是最不靠谱儿的混账玩意儿。我们都是俗人，在红尘里跌打滚爬，总是骄傲地以为自己与众不同，可是，在现实面前，我们都不会高明到哪里去。如果有人给你一万你不愿意吃便便，那么一百万呢，一千万呢？

小七说，我们的未来遥遥无期，我不能确保自己不会喜欢别人。

我清楚地知道她说这些话的认真程度，跟她在一起这么久，我还是知道哪句话是真哪句话是玩笑。但是，后悔来不及了。她最终还是说出了那句我最不愿意听到的话。

她说，我们还是不要在一起了。

我说，我大老远地跑过来，不想听你说这种话。

小七没再作声了。过了一会儿，她又说，我想了很久，这种话不是随便说出来的，我不想你浪费感情。

我忍不住流下眼泪。她无声地摸摸我的头，告诉我，今晚，你可以做任何事。

我当然知道她所指何事，虽然这一直是我期待的，但是你应该知道一个濒临心碎的男人是无论如何也不会有心情的。我只是疯狂地吻她，好像只有一口一口吃掉她，才能缓解我对她心怀的爱与恨，才能释放心里的酸楚和悲伤。我上辈子欠了她什么？

一个无眠的晚上。接近天明的时候，模模糊糊睡了一会儿，醒来之后，我悄然离开了床。在卫生间洗漱的时候，我听到了小七起床的动静。我一直在等待小七说话，但是她一直都没有，她狠心的时候竟如此决绝。

直到我推开了门，她才说，带上面包吧，路上可以吃。

我转身拿了桌上的面包。她一把抱住我，泣不成声。我意料到我们真的要结束了。那一刻，我心里竟然不是悲伤的感觉，而是木然。我一滴眼泪都没有流。

我再一次从小七的城市退出了，与以往的任何一次没有差异，一样的公交车，一样的高铁。我坐上了回程的车，发了一条短信给小七，告诉她，我上车了。小七回复，好的。眼泪这时候才止不住地往下流。我即将告别这座城市，而且以后不会再无缘无故来得这么勤快了。

如今，我读完了研，有一份工作，与认识小七之前一样，没有钞票和女友。但是，我无比清楚地知道，我已经不再是以前的我了，现在的我正在变成另一个人，既坚硬又柔软。时至今日，我依然没有放弃成为一个称职小说家的愿望，但我不急于求成。

我陆陆续续有了几份感情，但是，爱上一个人变得不那么容易。也许只是暧昧，也许只是游戏，我的表现令人失望。我正在以不可挽回的速度变成自己曾经无比痛恨的人渣。我以为这样可以提升级别，让自己成为一个没心没肺却足以秒杀别人的人，后来我觉得这很无聊。

我没有再主动联系过小七，我不知道究竟需要多少时间，自己才能坦然地凝视着她的QQ头像而不再有心痛的感觉。我想，归根结底，小七不够爱我，就因为这，我不会勉强她。

　　走在人群里，我时常想到：我曾深爱过一个人，她那么完美，而且回应了我，我是一个富有的人。

淡蓝天空
是伤感的

一

　　金先生今年31岁。世界末日那年，他29岁，也是在那一年，他与顾小姐不期而遇。

　　他们是在网上初识的。网聊一段时间，觉得投缘。去了空间互踩，看到照片，彼此都觉得还蛮喜欢对方的长相。他就对她说，有机会去你的城市看你。她满口答应。可什么才算"有机会"呢？他好几次去她的城市出差，来去匆忙，总是在回去的路上才告诉她，他来过，但是又走了，她就"哦"一声，说，下次还有机会的。

直到十月份，他因为一个项目，需要在Y城逗留三个月。Y城离她的城市只有一小时的车程。她对他说："这次，我去看你吧。"

　　他和同事住在公司的招待所，位居市郊。他提前开车到车站，买好第二天的回程票，然后靠在出站口的栏杆上等她，心里夹杂着兴奋和惶恐的感觉。车到站，人群从出站口涌出，他们顺利认出对方。她短发，穿粉色风衣，与照片上的形象一模一样。

　　按照预订的计划，吃过午饭，他们游览了Y城名声在外的两个景点。人不多，很多时候只是他们两个人孤单地漫步。景区工作人员坐在板凳上无聊地摆弄手机，或者干脆在打瞌睡。经过一段水上浮桥的时候，看到有人蹲在岸边垂钓；不远处的湖水里有人游泳；几只野鸭从水草里窜出来，又飞快地躲进水草的更深处；此外，还有一架飞机从天空划过。

　　在金先生的记忆里，那一天简单到只剩下这些元素。顾小姐的笑容在秋日明媚的阳光下，美得让人心疼。

　　穿过一座狭窄石桥的时候，他伸手去扶她，然后两只手就没再松开。那天他们还说了一些话，感觉投缘。至于聊天的内容，金先生现在记不得了。

二

29岁那年，金先生是有女朋友的。这一点，顾小姐知道。

他和女朋友是大学同学，相处已逾七年，走到谈婚论嫁的地步。恋爱阶段经历过吵吵闹闹、分分合合。为了在一起，他们都做出了牺牲。女友放弃了稳定又体面的工作，跑到他的城市。家境并不富裕的金先生贷款买了新房，自此沦为房奴，并且按照未来岳父的要求进行了装修。他们的婚期定在明年十月份，按照女方的风俗，他这个毛脚女婿要在今年春节上门提亲。

周六，金先生乘车去顾小姐的城市看她。他们买了菜，晚上在租住地烧饭。她说自己的手艺还不错，他说想见识见识。果然不错，可乐鸡翅的味道尤其赞。厨房的空间狭小，两个人挤在里面会感觉局促。他就倚在门口，像男主人一样欣赏老婆为自己准备晚饭的身影。她穿着碎花围裙，有些害羞，好几次对他说："去房间看电视吧，饭做好了再叫你。"

房间简陋，却因为她的精心布置处处显露温馨。现在想来，一切都是因为她的存在才拥有温暖人心的力量。

第二天，他们去看来自遥远年代的古城。坐在地铁上，顾小姐忽然说想看他女朋友的照片。他掏出手机，在相册里翻出一张，递给她。

她问他，女朋友会不会检查你的手机？

他点点头。

她说，那我以后绝不主动联系你。

看完古城，他们沿湖岸散步。她给他讲了一个故事，故事很长，以至于他听着听着竟忘记了前面的情节。秋风绵长，吹起岸边的芦苇与荷叶，弥望的景色露出些许萧瑟之意。秋天正从遥远的天边汹涌而来。有人在放风筝。天空淡蓝，远得无边无际。走着走着，太阳就不见了。夕阳收敛了最后一缕光辉。华灯初上的秋日傍晚，空气里弥漫着清冷的味道。

好时光稍纵即逝，从见面的那一刻起，离别的伤感就徘徊在心间。为了尝一尝爱情的甜头，他们在不同的城市间奔波，背负着道德的谴责，爱得辛苦。

三

距离春节还有半个月，金先生的父母就张罗着购买各种聘礼。未来的岳父大人开出长长的清单，详细罗列了七大姑八大姨的亲戚姓名以及与之配套的礼品数量。一盒盒包装精致、内容空洞的礼品装满了后备厢。去女友家走的是一条烂熟于胸的高速路，却鬼使神差地错过了出口，结果在陌生路线上绕来绕去，耽误近一个小时。

女友在门口迎接他们，脸上是幸福而羞赧的表情。今天是属于她的日子。

接下来是吃饭和送礼，他在未来岳父的带领下，糊里糊涂地向不同称谓的人致以问候，恭敬地送上礼盒。虽然觉得这种貌似正经的仪式其实蛮无聊的，但他愿意配合。

顾小姐那天在地铁上看到金先生女友的照片，说："我觉得她比我漂亮。"金先生没有接话茬。活到了29岁，他渐渐明白人和人比较是天底下最没意思的事情。谁更漂亮？这个问题没有答案。她们是如此不一样的两个人。

只是在世界末日这一年，顾小姐更让他牵肠挂肚。他是这么想的：因为和顾小姐初识，两人的关系尚在爱情保鲜期之内，肌肤相亲时的悸动和兴奋劲儿还未消退。他和未婚妻也有过这样的阶段。

他如此理性地分析着自己的感情，好让它始终处在可控的范围内。他不想改变结婚的计划，因为牵扯到两个家庭，他没有勇气把那么多人变成敌人；而且他不确定自己究竟更喜欢谁。他知道，不管和谁在一起，相处久了，都是自己左手牵自己右手的麻木。

过年的时候，和未婚妻一家人去风景区游玩。白雪覆盖下的山和水，素净、安详，未婚妻像精灵一样在雪地徜徉，岳父岳母忙于拍照。金先生站在湖边，把羽绒服的帽子戴了起来，有风吹过，他捏了捏手机，没有一条顾小姐发来的信息。心里空空落落，驻足观望远处的雪景，神情有些恍惚。牵挂一个人，是淡淡的忧伤滋味。

四

过完春节，金先生去看顾小姐。

在一片硕大而空濛的水域面前，他们坐成了两尊石雕，长久地沉默不语。他们都是典型的天蝎座性格，喜静，对人头攒动的密集状有轻微的恐惧。约会的地点都选在人少的地方。他把她的手揣进上衣口袋，紧紧握住；彼此不说话，但能清晰感受到对方手心的温度；肩膀倚靠在一起，好像在倾听和倾诉彼此的心声。他多么希望这一刻可以是永恒。

他随便聊起了一位男明星的八卦。在离婚和偷情司空见惯的娱乐圈，那位男明星算是异类，不仅守着旧妻，而且对老婆出奇地好。他老婆喜欢布娃娃，他每次拍完戏回来都要送一个布娃娃给她，长年累月，房间里就放满了布娃娃，置身其间，仿佛来到童话世界。

金先生说完，转过脸，看见顾小姐流下眼泪。她说："我也想有那么一个人，给我买布娃娃，我不是公主，我只希望有个人真心对我好。"

顾小姐是人海茫茫中一个平凡的女子。有过两段无疾而终的感情，在偌大的城市过着无根的生活。与所有职场人一样，渴望拥有一间属于自己的房子，哪怕只是区区几十平米，与爱自己的人厮守在一起。怀揣着如此平凡的小梦想，在追寻的路上踽踽前行。

他搂着她的肩膀，觉得自己不可能成为给她温暖的那个人。

五

金先生最后一次和女友说分手，是在世界末日的前一年。那时候，女友逼婚，父母也郑重其事地把结婚提上日程。他却在心里打起退堂鼓。他不喜欢被别人裹挟的感觉，他没有认真考虑过结婚这件遥远的事情，他觉得自己还没有爱够，还没有好好享受自在的光棍儿生活，他觉得结婚不过是个无聊的形式。

女友在电话里步步紧逼，他不耐烦地说，要不分开算了。

因为这一句不负责任的气话，他们大吵了一架，惊动双方父母。女友的父亲打电话给金先生，虽然只是了解情况，劝他们和解，但语气坚硬，字里行间依然流露出对他的许多不满。他慌了神，说话都有些口吃。

吵架的第三天，女友来看他。赶到他的城市时已经七点多，车站里灯光昏暗、人影晃动。金先生靠在墙角，与单调乏味的冰冷建筑物对峙。车站也许是最容易让人产生漂泊感和不安情绪的地方。夜晚又是让这些情愫发酵、膨胀的催化剂。

初冬的风里已经有了凛冽的寒意。女友从出站口出来，脸上是羞赧的笑容，以及隐约浮现的憔悴。出租车从这座城市的霓虹灯下穿梭而过，载他们到酒店。有那么一瞬间，金先生恍惚觉得当下发生的一切早已发生，今日此时与无数过往的时日重叠在一起，光阴流转，岁月轮回，命运仿佛冥冥中已然安排。

晚上，他们没有一句争吵，也不提及"结婚"的字眼。他们依偎着坐在窗前，鸟瞰夜色包裹中的城市。女友伸手摸他满是胡楂的下巴，哽咽着说："我真的好担心把你弄丢了。"金先生没说话，流下了眼泪。他觉得自己是个薄情寡义、自私自利的畜生，狠心辜负身边这个深爱着他的女人。在爱的世界里，不应该有这么多眼泪。一个男人的成功，不就是让自己的女人有幸福和安全感吗？

他把女友抱在怀里。那一刻，他对自己许下诺言：要一直对这个女人好。

六

世界末日的最后一天，金先生乘坐高铁，从顾小姐的城市往回赶。车窗外是浓重的雾气，世界正以每小时200多千米的速度向后倾倒。几分钟前，顾小姐还在他面前活蹦乱跳，现在拼命回想，却无法在脑海里拼出一张完整、清晰的脸。他鼻子一酸，眼泪不争气地流下来。他觉得害臊，使劲把脸别向窗口。一个即将步入而立之年的男人，东奔西跑，晃晃荡荡，只是因为他贪恋感情，无度地奢求新鲜爱情。他在满足自身需求的同时，无耻地挥霍着一个女人的青春，毁坏了另一个女人对爱的向往。他觉得自己没有担当和付出，不配拥有爱。他从没有像现在这样强烈地嫌弃自己。

他希望那些被分析得头头是道的"末日预言"是真的。

金先生和顾小姐约好，等到来年春暖花开时，再去看一看那座城市的湖光山色，沿古老的城墙根漫步，和煦的风会送来纷纷扬扬的柳絮，风里饱含油菜花的馥郁香气，天空中有三五只风筝游弋。

春天真的就来了，顾小姐换上裙装，小心翼翼地踩着清凉的鞋子出门，朝九晚五，在城市的光影变换中穿梭。时光悄然流逝，在我们身上偷走了什么，又留下了什么，只是我们浑然而不觉。金先生一直没说来，顾小姐也没说什么，关于春天的约会，也许被遗忘，或者被藏匿。他们都心照不宣地不再把它提起。

春天正浓烈的时候，顾小姐离开了那座城市，因为她找到了男友。数次相亲的结果，一个还算靠谱儿的男青年，顾小姐说："我想认真和他相处。"

金先生说："希望你们好好的。"

顾小姐说："嗯。"

七

金先生和女友的结婚仪式如期举行。谈不上幸福，只是觉得累和烦。送走亲朋好友，回到新房，两人瘫倒在床上，连覆盖在脸上的浓妆都懒得卸。他开玩笑地对妻子说，真应该把第一次留到现在，起码让我还对洞房花烛夜有所期待。

躺在气味不太好闻的新被子里，手脚沉甸甸的，大脑却不愿意休眠。往事化成一帧一帧画面，在眼前翩翩浮现。那个叫顾小姐的女子，笑盈盈地从混沌中走来，又消失无踪。仿佛就在昨日，手心还残留温存，只是斯人已去，永不再回。

如今，32岁的金先生已经升级为爸爸。和绝大多数人一样，陷入庸常的生活中，并且开始相信生命的本色就该如此。

又是一年春暖花开时，他带妻子和女儿去市郊踏青。遥望的群山染上了层次鲜明的绿色，黛绿、翠绿、新绿，还有隐约的鹅黄。近前是潋滟的湖光和摇曳生姿的繁花盛草。天空是淡蓝色的，晕染着白色的云。

妻子牵着蹒跚学步的女儿向草坪走去。他坐在木椅上，迎着太阳望向远处，眼前的景色慢慢模糊起来，变成空濛的一片。

他在想，也许爱情是个伪命题，它不过是人们对男女初识时身心悸动的一种称呼。他爱上的，也许只是那个被称作"爱情"的感觉。男女之情终究是要归于平淡的，迷恋爱情的人是不是一种不成熟呢？他不太确定。

有些人，真的只能相忘于江湖了。曾经逝去的好好珍藏，正在拥有的应该珍惜。爱情是人生的奢侈品，爱才是从未离开过我们的必需品。人生因为不圆满才圆满。所以，我们仰望淡蓝天空的时候，才会轻声说，那是一种伤感的颜色，比蓝色的忧伤淡一点。

在一起的每一天都是纪念日

　　贝贝一直嚷嚷着减肥。那天，我们爬上21楼，看到暮色迅速笼罩了这座城市。我理所当然地把手伸到了贝贝的小腹上。贝贝说：肉多，要减肥。其实她的意思是：她要减掉小腹上的赘肉，而不是其他地方。我说：你想减哪里就减哪里吗？万一减掉了不该减的地方怎么办？贝贝踹我一脚，说：你给我直！线！滚！（不是来回滚。）

　　我告诉贝贝，她小腹上的赘肉是我喜欢她的无数个理由之一。每次她嚷嚷减肥的时候，我都重申一次。天地为证，我说的是真话。世界具有多样性，有人讨厌赘肉就有人喜欢赘肉。

贝贝才不相信我的鬼话呢。当然，她也没有把减肥的口号付诸实践。一直言不由衷地吃着甜食，一如既往地热爱猪、牛、羊肉。我知道，其实她对自己的身材还是挺有自信的。她本来就不胖嘛！我觉得她胖一点才好呢，或者保持现状也没关系。

那晚，我们站在21楼鸟瞰大地，华灯初上，夜晚很美。我说：亲爱的，葱爆蛋和清炒土豆丝好吃吗？贝贝撩了撩她的卷发，假装矜持地点了点头。

那天下班后，我骑车到校门口接贝贝。她坐在车后，像电视里小鸟依人的女主角一样，搂着我的腰，双腿直溜溜地垂下来，裙裾飘飘。风很大，从耳边掠过，发出呼啸的声音。贝贝大声说：今天是我们的恋爱纪念日。

我问：你是从哪一天算起的？

贝贝说：牵手那天。

我说：为什么不从接吻那天算起？

贝贝说：反正是同一天！

于是为了伟大的纪念日，晚饭就点了葱爆蛋和清炒土豆丝。我想再点一个明炉羊肉的，贝贝说：减肥呢，坚决不吃肉。我们吃完饭，从小饭馆出来，沿淮海路走向住处。下班的人流从格子间向街市的角角落落涌去。贝贝说：我是舍不得钱才不吃明炉羊肉的。我说：明年有了很多钱，纪念日的时候吃两锅子羊肉，把这次的补上。贝贝说："好啊好啊。"

按照贝贝的算法，我们在一起正好三年整。贝贝在读研究生二年级，我刚刚出道，工资很低。

贝贝一直想养金鱼。我们刚认识那会儿，常去公园约会，贝贝曾花钱钓了三四条红色小鲤鱼，打算带回宿舍养起来（那时贝贝还住在研究生宿舍）。我说：还是放回水里吧，宿舍里养不活的——用小水缸养鱼，没有过滤系统，用不了几天小鱼就会被折磨死。如果换成大缸，配上过滤系统，未免太大张旗鼓。我们不过是这个城市的过客，怎么可能置办那么奢侈的家当呢？搬家的时候还嫌东西不够多吗？

贝贝在我的劝说下，很不舍地把小鱼放回水里。后来她反悔了，为此还跟我生气。有时候逛超市，经过水族馆，她总要驻足观赏一会儿。然后旧事重提，说：真不该把那几条小鱼放回水里，都怪你。

有一天，我和好朋友去郊外游玩，在一条小溪里看到许多鱼虾，穿梭在摇曳的水草间，悠然而自在。我想，贝贝一定喜欢这样的场景，于是决定捉些鱼虾带回去。朋友在一户人家里借到了小纱网，一会儿工夫，我们就战果累累，满载而归。大家都很高兴。我把鱼虾装进塑料袋，挂在车把手上。到处都开着黄灿灿的油菜花，我们高兴得唱起了歌。

贝贝回到住处，发现屋里的水缸，以及鱼虾和水草营造的简单世界，她喜出望外，给了我一个熊抱。欣赏了好一会儿，贝贝说：你以前不是说别养鱼的嘛，为什么现在又折腾了这个？我这才意识到自己的出尔反尔，也许，是因为贝贝太喜欢，我也就没想那么多了。

鱼虾果然没有存在多长时间，它们就像被施了魔咒一样逐条死去，贝贝既心疼又无可奈何，她说：真是造孽。之后，她再也不提养鱼的事情了。

贝贝的父亲出差来到这座城市，我请示贝贝：要不要见见未来的岳父大人？贝贝说：还是算了吧。她爸爸不希望她在读书期间谈恋爱，其实她爸爸早就知道了我的存在。贝贝曾告诉我，她爸爸不喜欢我的发型。我问贝贝：你爸爸喜欢什么样的发型？贝贝说：也许是比现在更长一点吧。于是，我理发的时候就不再一味地强调短了。后来我又留起了长发，不知道她爸爸见到我的模样是什么感受。

贝贝晚上回来，她爸爸已经离开了。贝贝还把剩余的明炉羊肉打包了回来。她看上去有点伤心，舍不得父亲匆匆来去。我不知道怎么劝慰她，只好岔开话题，我问她：你爸爸提到我了吗？贝贝说：提到了，他很关心你对未来的规划，大部分时间都在谈论这个。我认真想了想，觉得目前还没有满意的答案。我不抽烟、不嗜酒、不迷恋网游，生活习惯良好，无可救药地迷恋着贝贝同学。我想和贝贝在一起，关于我们的未来，我还没有想好；很多事情我现在还不确定。

为了在一起，我们打算等到贝贝毕业后就结婚。她今年读研二，还有一年时间就毕业。在这一年里，我争取攒够买一个小钻戒的钱。贝贝却说不需要。她还说：婚纱照也免了吧。我说：我正好也是这个意思。拍婚纱照也没什么不好，只是我们不怎么喜欢。

其实，非纪念日的时候，我们也会去小饭馆，也吃葱爆蛋和清炒土豆丝。只要高兴，只要在一起，就不需要任何刻意的纪念日。因为在一起，每天都有了意义，只是默默地走在尘埃和喧嚣声混杂的街市上，只是熬一碗米粥，只是蛰伏在屋里听风从窗户掠过的声音，都值得我们全心全意地付出时间。

原谅我们曾是爱的新手

自从昂首阔步踏入三十岁之后，但凡遇人打探年龄，俞童就恬不知耻地伸出剪刀手卖萌道：你猜。其实他心里嘀咕着：你姥姥的，哪壶不开提哪壶。几年前，他还在假装人生导师，教一帮即将混社会的小屁孩骗过面试官的火眼金睛，找到好工作。一天四节课，分分钟就应付过去了。时光漫漫长，闲得蛋疼，他就在聊天工具上和发育得比较充分的女学生打情骂俏。

终于有一天，他企图勾搭的某女生对他说：大叔，你都这年纪了，难道还打算泡我吗？俞大叔瞬间石化，心里翻江倒海、洪湖水浪打浪。羞耻感与挫败感并驾齐驱，如一万匹草泥马在他心灵的空地上跑过。他恨死了那位口无遮拦的女同学，但是看在她模样儿可爱的份儿上，原谅了她。那一年，他刚刚跻身传说中的而立之年。

就是在那一年，俞童发现，与自己年龄相仿的朋友和同学接二连三地结婚并且诞下小孩。大家好像达成了某种默契，纷纷抓住最佳婚育年龄的尾巴，完成传宗接代的人生大事。他向来不喜欢凑热闹，但在如此来势汹汹的情势之下，还是颇感惶惶然。

其实在结婚这件事情上，他还是蛮看得开的。身边不乏为了结婚而结婚的朋友，不怎么相爱的两个人搭伙过日子，然后随随便便制造一个小孩。出于现实的种种考虑，即便互相讨厌，也只好抱在一起死磕。整日闷闷不乐，好像对这个世界不满。他想不出还有什么比这种事情更恐怖。

奈何时光催人老，青春无敌的草样少年正不可救药地滑向猥琐大叔。不幸的是，俞童还浑然不觉地混迹在无知无畏者的行列，以为还有韶光可挥霍，还有良人可期待，还可以花前月下说肉麻的情话，还可以翻云覆雨和姑娘滚一夜床单。不曾想，岁月的杀猪刀悄然在他身体上留下时光流逝的痕迹。直到他彻底丧失了勾搭小萝莉的资格，在她们面前，这个世界已经没有他的份儿了。

文刀刘是俞童的好朋友。2012年，人们津津乐道于世界末日的传言，文刀刘更愿意相信末日传言是真的。与全世界人民在同一时刻完蛋，这是一件很酷的事情。那一年，他和妻子终究没能逃出七年之痒的魔咒，离婚了。他搬到俞童所在的城市，租住在一间弥漫着酸腐气味的房子里，身无长物。手腕上的两道伤痕结了暗红色的厚痂。他在出租屋里抱着暖水壶的塑料盖没完没了地喝水，持久、沉默。

　　最后的最后，只是为了离婚而离婚。当爱已落幕，反目成仇的两个人为了却残余的感情而大打出手，憎恨、诋毁和伤害在争吵的过程中膨胀开来，人性的不堪暴露无遗。文刀刘最后净身滚出家门。去民政局办理离婚手续的时候，妻子不顾一切地冲他谩骂。几对新人在隔壁的窗口登记结婚。文刀刘觉得自己在围观者的眼睛里是一条丢人现眼的狗。

　　恢复单身的文刀刘和俞童厮混在一起。有段时间，他们在同一家单位上班，出了格子间就一头扎进花花世界，唱歌、喝酒、远足，毫不吝啬银行卡里的数字，散尽千金。一个人的好处就是可以特别随便地活着，没有人对账，也不用对着电话交代行踪。孤家寡人，了无牵挂，赤条条来去，倒是自由，只是自由之外，还得时刻提溜着自己那个无处安放的灵魂。

那天，两人窝在临窗的座位上，俞童一如既往地伪装文青；文刀刘看上去精神不错，因为他一口气啃了四只鸡腿，并且打算继续啃下去。河岸边的杨柳吐出嫩芽，微风里有了春天的气息。他们散漫地聊着天。文刀刘颇感慨地说：两个人的世界里没有对错，只有妥协；因为互相妥协，两个人才能维系平等的关系。这个后知后觉的家伙，用了好几年的时间才回过神来，明白了这个道理。

　　文刀刘原以为会和前妻形同路人，没想到还能做朋友，传说中的"举案齐眉、相敬如宾"竟然在离婚后变成了现实。有时候聚会，他们也能大大方方地同席而坐，开着没底线的玩笑，互致问候。前妻很快有了新归宿，据说正在制造小孩，看来是处得不错。他却一直晃晃悠悠，沦为大龄光棍儿，好在他对现状还挺满意，因为觉得自在。

　　在一起的时候，夫妻俩却都像肾上腺素分泌过多的愤青，将有限的时间付诸无限的争吵之中。有次过节，亲戚朋友们聚餐，两人竟在席间大打出手，各种不堪的谩骂和揭穿让在场的小朋友们都汗颜。文刀刘盛怒之下，跑出酒店，准备开车回家。前妻堵在车前，不依不饶。他挂上倒车挡，重重踩了一脚油门，轰然撞在酒店的罗马柱上。他的母亲惊恐地目睹了眼前发生的一切，一时不知所措，竟跪到车旁，央求儿子下车。事后，冷静地想了想起因，不过是芝麻粒一样的屁事。

俞童搞不懂，为什么曾经相爱的两个人，竟走到互相加害的地步。他傻傻望着窗外，然后问了一个无限空洞的问题：爱情是什么？

文刀刘啃完第七个鸡腿，终于掏出餐巾纸，擦了擦油滋滋的嘴巴。他心满意足地长叹了一口气，说：我不知道爱情是什么，但是我知道，爱情来了就没有缓冲的余地；爱了就只好爱了，而且每个人都不得不从新手开始，除了拼命爱还能怎么样？在爱的道路上打怪升级，避免不了各种伤害和被伤害；归根结底，是因为我们还不够优秀，没有成为秒杀敌手的大咖；当我们懂得了如何在爱的世界里宽容和妥协之后，就有资格奢谈爱了；再晚都不晚，哪怕已经是大叔。

俞童痴痴地看着眼前的文刀刘，一副惊讶的表情。俞童觉得，这是自认识文刀刘之后，他说的最有水平的一段话。

和自在私奔

我们梦寐以求的，
不过是真爱和自由。

狠狠爱自己，才有力气和世界相拥

一

在大城市，漂亮妹子满大街，一抓一把，毫不稀罕。但是，在三、四线城市的小镇上，或者是乡下，能见着一个花枝招展的漂亮姑娘，简直有如遭雷击的感觉。一个白净的、年轻的、如花似玉的姑娘，混在一大堆糙老爷们儿中间，甭提多扎眼。梅子在莫镇，情况就是这样。

梅子的家不在莫镇。从家到莫镇，需要坐两个多小时的公交车，这也许是她坐过的最长的公交。沿途的风景从繁华到荒凉，从人头攒动到人影寥寥。梅子在莫镇下车。莫镇就一个站台。

　　她在莫镇的初级中学教书。在父母看来，女儿的工作收入稳定，不辛苦，还有让人羡慕的寒暑假，是一份万里挑一的好工作，所以离家稍远这个遗憾也就可以忍受了。梅子却不喜欢这里，她教完一个学期就萌生退意。原因羞于启齿——这里没有男人，准确地说，是没有靠谱的适龄男青年。

　　梅子其实是有男朋友的，说起来，他们的相遇还颇具浪漫主义色彩。梅子大学毕业后，乘火车返乡，坐在斜对面的帅哥偷偷瞄她，被梅子的眼神撞到，帅哥匆忙移开眼睛，害羞地扭头看向窗外。梅子心里美滋滋的，面子上依然假装淡定；火车驶入深夜，时间变得漫长，梅子调皮地对帅哥放电。帅哥有所领会，冲梅子腼腆地笑。他的腼腆激起梅子的挑逗兴致，她顺手丢给帅哥一个橘子，啥话也没说，留给人家无限广阔的想象空间。

　　火车终于开到了站点，梅子收拾行李，麻利地下了车，帅哥跟在身后。接下来的情节就和脑残偶像剧如出一辙，女主角矜持傲娇不理不睬径直往前走，男主角穷追猛打痴情一片。女主角终被人间真情感化，留下联系方式。男主角手捏小纸条，望着心上人消失在人海茫茫，怅然若失又满怀期待。

　　帅哥在一个遥远的城市做服装生意，那次坐火车就是去进货的。因为距离遥远，他们只好用声音和文字谈情说爱，增进了解。帅哥做过一件让梅子感动的事情——那天，她在电话里说自己心情不好，他说：要不要来看你。她说：好啊，你来呀。结果他真的来了。那时候，梅子已经来到莫镇教书，从帅哥的城市到莫镇，名副其实的千里迢迢，在多种交通工具上辗转折腾，终于出现在梅子的视野。没想到，梅子心里绽放的不是欣喜若狂，而是不知所措。她不知道应该把帅哥放哪里，莫镇连个像样的旅馆都没有。

梅子就是从那时候对异地恋深恶痛绝的。她和帅哥的关系还没有牢靠到让一方愿意放弃当下的生活去投奔另一方的程度，可他们又不知道如何进一步确立关系，所以只好把这段感情搁置。虽然梅子觉得遥远的男朋友"名存实无"，但她一直声称自己名花有主，好像是在给自己打气一样。

二

梅子住的是教职工宿舍。同宿舍的女老师姓吴，三十来岁，膝下有个四岁的女儿，女儿在老家由父母照看。有时候，她丈夫和女儿也住在宿舍。妈妈细声细气地喊宝贝女儿，女儿嗲嗲地呼唤爸爸，爸爸又用很娘的口气叫妈妈，一家人热热闹闹，其乐融融。梅子觉得自己夹在这一家三口中间太多余了，所以她尽量不回宿舍。下课后假装在办公室批改作业，一回到宿舍就躲进房间成一统，不管春夏和秋冬。有时候不小心撞见他们围坐在桌前吃饭，吴老师客气地招呼她也来吃一点，她忙不迭地推辞：吃过了吃过了。其实没吃过，但不好意思再去厨房弄吃的，只好饿一晚上的肚子，喝水充饥。

一只可恶的老鼠钻进梅子的房间，在半夜翻箱倒柜，折腾出吱吱的声响；有时候冷不丁地从脚底窜过，吓得梅子的小心脏如小鹿一样乱跳。有天晚上，梅子刚入睡，突然感觉到有东西从脸上飞快地掠过。惊醒，是那只老鼠！梅子浑身鸡皮疙瘩骤起，好似看完一部极度血腥的惊悚片。好吧，已经到了不爆发就会死的程度了！

第二天一早，梅子大动干戈，把家具和行李统统搬出房间，关门灭鼠。折腾半天，终于把那只猖狂的老鼠就地正法。梅子其实是胆小鬼，见着蟑螂会尖叫，见着癞蛤蟆就魂飞魄散。但是为了屋子里的长治久安，她不得不硬着头皮，抄起家伙，假装生吞了熊心豹子胆，干起灭鼠的伟大事业。打死老鼠的那一刻，她浑身发抖，好像死在手里的是一条人命。

大功告成之后，她坐在屋外的家具和行李中间，喘口气，歇歇脚。明晃晃的阳光倾泻而下，她忽然觉得自己和身旁这些东倒西歪、灰头土脸的家伙一样，因为讨人嫌而被丢出门。她一下子丧气起来。也就是在这个时候，她强烈地意识到自己需要一个男人。灭鼠、搬家具这样的光荣任务应该留给男人。她应该负责在一旁加油呐喊才对。

肖冉是梅子在读大学时认识的学长，喜欢摄影，常把照片上传到空间里，拍得确实有感觉，梅子空闲时就喜欢溜去他的空间翻看。肖冉的几幅作品被收录到一本蛮有名的杂志，梅子厚颜无耻地向他讨要了一本，还无比庸俗地请他签上大名。杂志寄到家里，梅子的父亲签收。当晚，父亲就打电话给梅子，神秘兮兮地问她是不是谈男朋友了。梅子诧异地回答：没有啊。父亲呵呵一笑，说：我都看到了，叫肖冉，给你寄东西了。梅子这才明白过来，忙解释说误会误会。父亲说：没关系，谈就谈了，也到谈朋友的岁数了。接完电话，梅子怅然若失地在床沿呆坐好久。

掐指算算，毕业已经三年有余。同宿舍的好姐妹陆续传来婚讯，而自己连一个真正的男友都没有。难道真要等到长发及腰才能把自己嫁出去吗？她歪头想了想，一年内找到男友，起码相处一年，然后结婚，怀胎十月。一晃又得三年，而自己今年已经二十五岁。她忽然觉得时间紧迫。

三

　　梅子开始了相亲之旅。相过亲的人才知道这个世界的奇妙之处远远超出自己的想象。奇葩层出不穷,靠谱儿的对象没寻觅到,倒是对男人这个物种增进了了解。约会地点一般选在市里,因为能够比较容易地找到一个坐的地方,点些吃的或喝的,聊起来比较自在。如果在莫镇,那就只好突兀地站着,面面相觑,未免太尴尬。

　　那天梅子见的是网友,对方说自己三十岁出头。他如果没有撒谎,那就是长得太匆忙。不过那男的看上去有些钱也有些品位,衬衣、裤子服服帖帖的。两人倚窗而坐,边喝饮料边聊天。其间,男的好几次离开座位接电话,每个电话耗时十分钟以上。梅子纳闷:什么秘密的电话啊,非得离开座位去接听吗?接完最后一个电话,那男的就匆匆告别。梅子气得肺都炸了,她是坐一个多小时的公交车才赶来的。

　　回到家,梅子仔细查看那男人的空间,找到一个经常光顾的访客,循着足迹访问过去,轻易就找到那男人和一个女人的合照,再看几张,发现原来是夫妻!结婚照都晒出来了。梅子倒吸一口气,后背直冒冷汗,赶紧喝几口凉水压惊。真是万幸！梅子对自己说：差点没被当成小三被原配捉住，当街一顿暴打。

自此之后，梅子对相亲丧失了热情，对男人多了一份怀疑。女人对男人的警惕，都是拜男人所赐。

四

梅子是在大二时认识肖冉的。那时候肖冉已经毕业，据说在地方电视台工作。有次系里举办晚会，肖冉作为嘉宾被主持人狠狠吹捧了一番，随后他上台献唱一首歌。歌名梅子忘记了，只记得他头发梳得油光锃亮，衬衣领子很刻意地被竖起来，一副看上去混得不错的模样，站在舞台上还是有些气场的。梅子自从加入学生会之后，就对肖冉的名字有所耳闻，大家都说这人能干，而且有个性。

第二次遇见肖冉，是在篮球场上。那天梅子和小伙伴们逛街归来。瞎逛一天，竟然只买了一条围巾。可是，冬天早已成为过去式，春天正汹涌澎湃地赶来，真不知道自己是出于怎样的变态心理才买下这条毫不实用的围巾。回到学校，大家才觉得累，逛街时的满血战斗力突然消失得无影无踪。梅子不顾淑女形象，一屁股坐在路边的椅子上，休息一会儿。她面对篮球场的方向，漫不经心地看着男同学们拼命争夺一个皮球，然后没完没了地往头顶上的框子里扔。她在众多奔跑的身影里瞅见肖冉。短发，球衣，有一点点小肌肉，迎着阳光，有风吹过，染绿的柳枝婆娑摇晃。眼前的肖冉，和在舞台上唱歌的那个不一样，一个油头粉面，一个干净明朗。梅子有点恍惚。原来，对一个人的印象会因为场景和时间的不同而大有差异。

接下来有一个多学期没再见到肖冉，也没听闻他的任何消息，梅子差点就要把这个人从大脑皮层里清扫出去了。直到有一天，舍友问梅子要不要参加某户外运动协会。梅子问：户外运动是什么东东？舍友特鄙视地瞅瞅梅子，说：就是没事找事去不是人玩的地方玩。梅子觉得这听起来很酷。舍友随后补充一句：肖冉你记得吗？据说这协会是他发起的。

后来梅子就加入了，并且在协会的英明指导下做完三天义工，头戴小红帽傻不拉唧地站在会场充当志愿者，然后凭义工证明到协会免费领一身装备：冲锋衣一件、登山鞋一双、一个背包、一顶帐篷——看上去相当专业。

肖冉是"骨灰级"的户外运动发烧友。协会组织的大多数活动中都能看见他的身影，他不怎么说话，但是做事果决，经验丰富，是团队的精神领导者。领袖是天生的，即使不说话，也能让大家对他心悦诚服。起码梅子是这样，虽然和肖冉不熟，但已经是他的铁杆拥趸。

梅子很快就对户外运动上瘾了，隔段时间就想出去折腾一下，否则皮囊和骨头都不舒服。运动的强度和难度越来越大，时间越来越长，她不惜逃课。小伙伴们都说她疯了。因为参与运动的次数多，她和肖冉混成了好朋友，彼此熟络到无话不谈。梅子发现肖冉其实话蛮多的，他只对不熟悉的人沉默，和熟悉的人在一起又成了话痨，而且非常幽默。

肖冉的形象在梅子心里一变再变，他不是一个三言两语就能概括的人。

五

在梅子的记忆中，莫镇的冬天漫长，一旦降临，注定不会轻易过去。

梅子父母在初冬离婚，千年修来共枕眠的缘分在无休无止的争吵中消弭殆尽。梅子随父亲住在老屋，母亲先是回娘家，不久改嫁。最疼爱她的爷爷经历家庭的变故，急火攻心，在深冬撒手人寰。她握着爷爷冰凉的、瘦弱的手，泣不成声。第一场大雪真正到来之前，她的帅哥男友在电话里说出了分手，他说距离太远不能在一起，他说爱一个人就要长相厮守，他说其实我们还不了解彼此而且未来不可预料……他说着说着就哭了。梅子没说话，只是听，听他哭，后来觉得不耐烦，就对电话另一头那个即将成为前男友的男人说了句：难道要我来安慰你吗？就挂了电话。

在爷爷去世那一刻，悲伤就被她挥霍完了，她已经悲伤不起来，只剩下麻木。

可是，无论如何，那么多的变故，不应该集中在冬天发生，完全不给她留下缓冲的余地。从悲伤中醒来，生活还要继续。

她回到学校，陷入沉积的事务中。和学生在一起，能够暂时忘记糟心的事情，只是有时候，正上着课，突然就灵魂出窍，大脑空白。令人费解的是，那段时间，梅子的胃口好得出奇，食堂的单调伙食也能吃出千滋百味，对肥肥的猪肉也来者不拒。晚自习结束，在回宿舍的路上还要再买一份蛋炒饭。一天吃四顿，这在以前是不敢想象的。以前，梅子和所有渴望魔鬼身材的女孩一样，把减肥当口头禅。吃饭前先把菜里的肉末小心翼翼地挑出来，吃一块肥肉简直是罪大恶极。如今，嘴馋的负罪感荡然无存，梅子几乎爱上了不停进食的感觉，自暴自弃地、忘乎所以地进食。

同宿舍的老师装修好新房，果断地搬走了。梅子终于不用杵在一家人中间感觉自己多余，她独自拥有寂寞、空洞的两室一厅。冬天越来越深，风从莫镇的上空掠过，寒冷从四面八方涌入房间，一个人的热力轻易就被稀释。她每晚早早上床，盖三条棉被，却怎么也温暖不起来。

六

肖冉打电话给梅子，说自己出差到了她的地盘，待半个月，也许更久，住在市里的酒店，突然想到她，就打来电话。梅子工作后，很少有时间参加户外运动，他们见面的次数减少到约等于零。梅子来莫镇的一年多，他们一直没见过。但是联系一直都有，肖冉经常发自己拍的照片请梅子鉴赏，梅子每次都大言不惭地说出一二三四，肖冉总说她的评论等同于胡扯，可依然乐此不疲地把照片传给这个不称职的评论家。

挂掉电话，世界骤然安静下来，耳朵里似乎还有肖冉的声音在回荡。她在脑海里想了一下肖冉所在的位置，他工作的公司、他下榻的酒店、他就餐的饭馆，她都能准确定位。脑海里的那个人一下子具体起来，离自己那么近，仿佛触手可及。她有些纳闷：肖冉与自己相隔不过一小时车程，他为什么没说要来看她?

躺在床上,辗转难眠,反复纠结,终于拨通肖冉的电话。熟悉的声音传来,梅子沉默片刻,开口问:你不打算来看我吗?电话那头短暂的沉默,随后是熟悉的果决的声音:明晚一下班就去你那儿。

第二天,肖冉出现在梅子的世界里,一席风衣,裹挟着屋外的寒冷涌进梅子的宿舍。肖冉进屋,脱去厚重的风衣,梅子问:你不冷吗,穿得这么少?肖冉摇摇头。他带来一大包火锅丸子,梅子买来配菜,煮了满满一锅大杂烩,放在电磁炉上,热气腾腾。两人吃得额头冒汗,直呼过瘾。一年多没见,肖冉和以前没两样,就连头发的长短都和梅子的记忆完全吻合。时间从他身上跨过,没留下一点痕迹。梅子觉得眼前这个叫肖冉的家伙熟悉又亲切,好像他们自始至终就在吃火锅。

窗外下起了雨。冬天的雨,夹杂着细碎的冰雹,在窗棂上敲出声音,无情到刺骨。

肖冉说:不想回酒店了。梅子"哦"了一声,转身去厨房烧热水,烧了一壶又烧一壶。肖冉洗脸的时候,梅子问:水热吗?肖冉点点头。洗脚的时候给他添热水,问:冷不冷?肖冉直摇头。

两人心照不宣地上了床。躺进被窝，梅子又问：不冷吧？肖冉说：这应该是你第四次问我冷不冷了吧，你好像很怕冷，对不对？梅子小心翼翼地点点头。

肌肤相触的刹那，呼吸粗重起来。梅子觉得肖冉就像一个火球，把她团团包围起来。她沉溺在巨大的温暖中间，愿意把自己彻底地奉献出去。两个人多么好啊，抱在一起，就有足够的热力，舒展开身体也不会觉得冷。肖冉的手在梅子身上游走，梅子娇羞地问：是不是肉多了点？肖冉说：有点肉才好，有手感。最后一丝矜持也没有了，她打开身体，感觉到每一个毛孔都在畅快地呼吸，每一根神经都在微微颤抖。

沉沉睡去，从未有过的踏实的一觉，醒来，脚心都是暖暖的。莫镇的第一场雪在夜里悄然落下，薄薄的一层积雪，让漫长的冬天看上去柔软了起来。

七

梅子来莫镇，是父亲的意思。毕业后，梅子留在读书的城市，有过两份短暂的工作经历，都不是自己喜欢的。可是，自己究竟喜欢什么样的工作？不知道。那是典型的江南城市，古韵遗风处处可见，与发达的商业文化和谐共存。既是追金逐银的竞赛场，又是纸醉金迷的温柔乡。梅子与所有仓皇间滑入社会的毕业生一样，茫然，不知所措，对未来没有把握，被外力裹挟着随波逐流。

父亲执意让她回家，他的理由是：那个寸土寸金、房价高得离谱儿的城市不属于她，既然无法在那里生根发芽，那就干脆早点回家。在父亲眼里，一份稳定的工作，一个安宁的小家，才是她的女儿应该拥有的生活。于是，父亲四处探听，得知莫镇唯一的中学招聘历史老师。接到父亲的命令，梅子前往莫镇应聘。即便没有十分用心，也顺顺当当地跨入伟大园丁的队伍中。

学校以男教师为主，岁数都在中年以上，梅子进来之后，音乐课才由她代教，之前一直是一位四十多岁的男老师。梅子混迹在一群中年古板男人中间，从此再不敢穿短裙和高跟鞋，那样会被两鬓斑白的老校长认为有伤风化。有一次，她心血来潮，翻出箱底的裙子和黑丝。刚走进办公室就后悔了，她在所有人的眼睛里都看到了诧异，感觉自己就像一个招摇过市的性感尤物，招惹了路人们各怀鬼胎的目光。午休的时候，不经意间撞到偷瞄她的男老师的眼神，惊得一身鸡皮疙瘩。在莫镇，只是裙子配黑丝的装扮就出挑到惹人侧目的程度。

教了一个学期的书，梅子意识到：待在莫镇，只会让自己短暂的青春死无葬身之地，除非她愿意像古板的中年男教师一样，习惯这里的单调和精神空虚。

离开莫镇的念头，在与肖冉告别的那一刻无限强烈地横亘在心头。

早上起床，肖冉照例给未婚妻通一个电话，汇报一天的行踪。这件事他坚持不懈做了两年，明年的十月份，他和未婚妻打算结婚。新房已经备好，坐落在肖冉居住的城市。婚期也早由未来的岳父大人慎重选定。肖冉打电话的时候，梅子在厨房准备两人的早饭，菜泡饭和煮鸡蛋。一个人的时候，她每隔几天就煮一锅山芋粥，冻在一个大盆里，每天早上热一小块。

肖冉登上去市里的公交车，隔着水渍斑驳的车窗玻璃看向梅子。欢欣有时，寂寞无期，两个世界里的人，偶尔脱离平行的轨道，因缘际会，交织到一起，换来的无非是得而复失的悲情。

然后，梅子就坚定了离开的决心。

当她说出内心想法的时候，父亲不由分说地发了一通火。他厉声训斥自己的女儿身在福中不知福，有一份别人求都求不来的体面工作，为什么无端地选择离开，去所谓的外面的世界瞎折腾？外面的世界果真那么好吗？究竟受到什么蛊惑？想要过什么样的生活？父亲的严词反对让梅子感到害怕。她扪心自问，寻找到选择离开的根本原因：她需要找一个可以取暖的男人，而莫镇没有。所以，她要离开莫镇。她羞于向父亲启齿。

后来她终于找到解决问题的好办法：考研。

八

在漫长的冬天还发生了另一件事。两个民警来到学校，在办公室晃了一圈，没过一会儿就走了。梅子愕然，邻座的吴老师悄声告诉她：三班一个女学生被那个了，家长报案了。梅子惶然问：哪个？吴老师说：唉，被强奸了。梅子追问：哪个女学生？吴老师说：眼睛大大的那个，汪××。

一个男老师被民警带走，整个冬天没再回来。一切都悄无声息地发生，不激烈，不声张，唯恐被人知道。大眼睛的汪同学转校离开，留下一个空荡荡的座位。梅子站在讲台上，一抬头就能看到。在平静的表象下，是刻意收敛的愤怒和痛苦。男人的心，究竟要丑陋到何种程度，才会做出这种丧尽天良的事情？究竟是因为愚蠢还是所谓的冲动，给那么多人造成不可逆的伤害？

　　终于捱到放寒假，从莫镇到家里，公交车缓慢爬行了足足三个小时。因为道路被冰雪覆盖，车只能小心翼翼地沿着前车留下的痕迹缓慢行驶。回到家，父亲还在工厂做活儿。梅子没带钥匙，只好打电话让父亲回来开门。天寒地冻，万物萧瑟，门前的稻田、电线杆、水杉树、塑料大棚……都瑟缩着藏匿在雪被之下。走廊里的盆景一律光秃秃的，不知死活。父亲的身影出现在村口，灰色的一团，在雪地上迟缓地移动，一点点靠近。梅子看见他头戴毡帽；脸被围巾包裹着，只露出眼睛；手套厚实，但是很脏很破。父亲是个感情不外露的人，不知道如何恰如其分地与女儿交流。他见女儿回来，竟然显得有些不知所措。打开门，摘下帽子和围巾，局促地站在屋里，愣愣地看着女儿。他把行李搬进卧室，倒了一杯水，就再次出门上班去了。

　　寒假生活乏善可陈，除了睡觉和读书，再也没有别的事情可做。过年冷冷清清，随便给亲戚们拜了年，就回家躲进被子里，睡得昏昏沉沉，头和脚仿佛被千钧的重量束缚。母亲特意来看望她，请她吃饭，给她买新衣服。母亲相比从前，脸上有了笑容，话也多起来，虽然见到女儿难免伤感，但她的幸福还是能轻易看出来。

吃饭的时候，梅子问母亲：婚姻对一个女人来说，究竟意味着什么？这也许是她唯一一次与母亲认真探讨一个沉重的话题。

母亲想了许久，回答：也许是大半辈子的幸福。

梅子无言。也许，对女人来说，找一个靠谱儿的男人比什么都重要——这句话对不对？梅子不能确定。

九

梅子在第二年暑假遇见生命里的第二个男人。她作为青年教师代表，获得去市里进修两个月的机会。进修学校绿树成荫，人少，清静。住在第二楼的宿舍，窗外满是绿色，大块的树荫遮挡了夏天的燥热。

进修没多久，热情洋溢的班长就提议组织班级活动，聚餐当然是不二首选。举碗投箸、觥筹交错永远是简单、有效的联络感情的方式。一群年纪相仿的男男女女，有相同的职业背景，共同话题自然是不会少的。一男的来到梅子跟前，向她敬酒，然后问梅子的姓名，还没等梅子开口，他自己觉得有些唐突，就自我介绍说：我叫杜涛，在第二中学教数学。梅子觉得这人虽然直接，却蛮可爱的。大家嘻嘻哈哈闹到夜幕笼罩,筵席散了,各自回家。

杜涛从梅子身后追了上来,说:我送你回学校吧。

梅子问:你也住宿舍吗?

杜涛摇头,说:不过,正好顺路,一起走吧。

走到半路,杜涛提议去唱歌,梅子说"好啊",就跟着他走了。唱完歌,两人继续往学校走。短短的一条路,竟被他们俩走得无比漫长。究竟走到了尽头,只好依依惜别。杜涛要了她的电话,没几分钟就发来短信,说自己已经到家。肉麻地互道晚安,并且约好第二天共进午餐。睡觉前,梅子和闺密通电话,述说今天的遭遇。闺密铿锵地说:很明显,他这是要泡你的节奏啊!

两人关系迅速升温,天天见面,晚上沿林荫小道一圈又一圈地漫步,恨不得路没有尽头,明天不会到来。杜涛是典型的理科男性格,腼腆,嘴巴不甜,说话笨笨的,但是耿直而坦荡,让梅子觉得踏实。两人在一起腻歪了一个礼拜,杜涛竟然都没敢牵梅子的手,后来还是梅子忍不住,散步的时候挽起杜涛的手臂,杜涛这才一把握住梅子的手。

有次,梅子对杜涛撒娇说:我今天不开心,你想办法哄哄我。杜涛闷声想了半天,冒出一句:你不要不开心了。梅子忍俊不禁。杜涛笨到了可爱的程度。

只是,好时光总是短暂。暑期一晃而过,结束了。

＋

新学期开始，梅子投入更多的精力准备考研。午休和晚自习时间，梅子都捧一本书。晚上回到宿舍，经常挑灯鏖战到深夜。老校长得知梅子的考研打算，把她叫到办公室谈了好几次，逼她在考研和任教之间做出选择。梅子一番纠结，最终表明自己决意考研。校长无奈地一声叹息，只好张罗着重新招聘新老师。

周末，梅子回到家，晚饭时间，父亲突然厉声质问梅子：为什么擅自地做出辞职决定？

梅子惊讶地问父亲：你怎么知道了？

原来，教育局人事变更的电话打到父亲那里，他才得知女儿的决定。让他生气的是，这么大的事情，竟然不与他商量，眼里完全没有他这个父亲。父女俩大吵一架，父亲把桌子拍得啪啪响，梅子摔门躲进房间。冷战两天，梅子悄然回校。此时的她，除了考研，已经没有退路。考研从一种选择变成唯一的一条路。

在吵架的过程中，父亲引申出更多的问题，比如：什么时候成家？考研失败怎么办？未来究竟做什么工作？以后打算定居在哪个城市？究竟想过什么样的生活？这些问题梅子都没有想清楚。她觉得自己是个彻头彻尾的懦夫，不敢直面这些问题。她恼羞成怒，不是因为父亲发火，而是父亲一股脑儿地搬出这些问题，让她陷入迷惘和挫败感交织而成的巨大旋涡。

梅子回校后，父亲罕见地发来一条短信：女儿，昨天我对你发火，真不应该，我没有资格这样做，我自己在婚姻和事业上都是失败者，我不该这样教育你，我太自私了，对不起。梅子在办公室读到短信，脑海里浮现出父亲对着手机用笔画输入法一个字一个字编短信的笨拙模样，情不能自已，失声痛哭。同事们手足无措地站在一旁，不知如何安慰她。

肖冉结婚了，在空间里晒出结婚照，新娘笑得好像被满世界的幸福包围。梅子浅浅说了一句祝福，肖冉回复一个笑脸。梅子盯着电脑屏幕上的聊天工具，显示对方正在输入的状态，却迟迟没再冒出一句话，梅子同样无言以对。

暑期接近尾声的时候，梅子有一个礼拜的假期。她从北到南游历了几座城市，赶到肖冉所在的江南，夏天已经不再热火流溢。他们坐在临河的茶吧，用很小资的方式喝着茶。肖冉还是老样子，对于即将到来的新婚没有太多期待。真正的洞房花烛夜早就过去，所谓结婚不过是举行一个热闹而复杂的程序，给亲戚朋友们一个交代。肖冉说拍婚纱照已经把他折腾得没脾气了，感觉自己像个玩偶一样被人摆弄。价格贵得过分，拍出来的照片假得离谱儿。可大多数人不还是趋之若鹜地去做这些让自己觉得恶心的事情吗？肖冉觉得自己也是个不折不扣的傻叉，在大多数事情上毫无主见、随波逐流。

梅子说：你不用鄙视自己，大多数人都这样。

不过肖冉倒是看得开，他对很多事情都是一副无所谓的态度，傻叉就傻叉吧，自嘲一下就没事了。

在运河边散步的时候，肖冉无限温存地牵起梅子的手。无论如何，梅子喜欢这种肌肤接触。在短暂的生命里，此时此刻他们彼此拥有，共度美好时光，在记忆里留下独属于他们的秘密，别无他求。只是因为这一份难能可贵的纯粹，就值得她对生命心怀感恩。

梅子意识到，随着年纪的增长，她的心底有了越来越多柔软的感情。

十一

梅子和杜涛虽然身在同一个城市，但见面并不容易。坐公交车的话，莫镇距离杜涛所在的第二中学差不多两小时的车程。距离挡不住两颗渴望"在一起"的心。梅子有时候周五下午就和别的老师调课，赶去看杜涛。两个简单的人，吃着简单的饭，简单地重复走一条路，在一间简单的屋子里，有一张简单的床，简简单单地说情话，太阳简单地升起又落下……只是简单地在一起，就能感受到踏实、安然的幸福。

十一月初的某天夜里，梅子的手机突然响起不安的铃声。电话是堂哥打来的，声音急促：梅子父亲胃出血，正在医院抢救。接完电话，梅子的耳畔和脑子里就一直不停地响着"嗡嗡"的声音，好像和世界多了一层隔膜。她手忙脚乱地打电话给有车的同事，一个又一个不停地打电话。终于有了车。跌跌撞撞地赶到医院急救室，迎接她的是一张病危通知单，她扑通跪在医生脚下，嘴里不停念叨：救活我爸，救活我爸。脑海里一片空白，在绝望和希望的纠缠中焦心等待急救室里的消息。三个多小时后，父亲转危为安，梅子瘫坐到椅子上，泪如雨下。窗外的天泛出鱼肚白。

父亲住院两个星期，梅子请假，悉心照料。出院回到家，梅子也跟着回家住了两天，父亲催促她回校。临走的时候，梅子叮嘱父亲按时吃药，好好养胃，一万个不放心。

随着考研日期的迫近，时间变得珍贵起来。除了授课，她既要备考，又要回家看望父亲。杜涛也说自己忙，他现在是班主任，代的课也多；学校评比，他还有研究课题要完成。

见面变得困难起来。

周六，梅子给杜涛打电话，连续拨了几个都无人接听，终于拨通了，电话里隐隐能听到人来车往的吵闹声。梅子疑惑起来，杜涛昨天说今天会留在学校研究课题的。梅子问他在哪儿，杜涛说：在学校。梅子追问：真的在学校？杜涛说：现在出来办点事情。梅子问：什么事？杜涛的口气犹豫起来：去那个，银行，开通业务。电话就被草率地挂了。

直到傍晚，杜涛才打来电话，他坚称自己在学校度过了一天，而且在领导的"陪护"下，不方便通电话。梅子死无对证，后来想想，懒得追究。她对杜涛说：你明天来学校看我。杜涛说：还是算了吧，明天去看你，晚上还得赶回来，太仓促了，我妈明天让我回家。梅子"哦"了一声。电话里尴尬地沉默了一会儿，传来杜涛的声音：下个星期吧，下星期我去看你。

第二天中午，初冬的阳光竟格外明媚。梅子吃过午饭，走到阳台小憩片刻，转身的时候，赫然看见穿衣镜里面的自己，头发凌乱，脸色暗黄，额头布满青春痘。凑近细看，脸上的皮肤都皲裂出细小的口子，眼角竟然残留分泌物。梅子被眼前的怪物吓了一跳，心情跌落到谷底。自己什么时候变成了这般模样！

急忙出门，乘坐莫镇的"啪啪车"（三轮柴油车），到市郊转乘公交,直奔超市,来到护肤品专柜,在导购员注意到自己之前,迅速选好要买的东西,付钱走人。导购员总是先观察顾客的皮肤状况,然后再推销产品,梅子害怕被导购员看见自己糟糕的状况。

回到宿舍,天已经漆黑。上楼的时候,她捏了捏包装袋里的护肤品,好像抓住救星一样,谨慎而惶恐。

十二

那天下午,梅子还做了另外一件事——她去营业厅打印了杜涛三个月的通话清单。

梅子轻易就找出藏在清单里的秘密。一个频繁出现的陌生电话号码赫然在目,通话时间都在十分钟以上,而且大多是在晚上十点以后的私密时间。梅子拨通这个号码,电话那头传来一个年轻、甜美的声音。挂掉电话,努力让自己平静下来。浑浑噩噩地结束一天的课程,回到宿舍,打电话给杜涛。她发现自己的手是颤抖的,她乞求得到杜涛一个自圆其说的解释,然后,让他们俩的关系恢复到初始设置——崭新的、热烈的。

然而,杜涛并没有解释,短暂地犹豫和迟疑之后,他承认自己脚踩两只船。他说家里人希望他早点结婚生子,他没有时间等待，因为岁数已经不小了。他说你要考研，要离开这个城市，未来的工作也不知道在哪里，一切都不可预料，他觉得毫无把握。

梅子反问他：你和我商量过这些事情吗？为了你，我可以不考研啊，我可以直接嫁给你啊，你问过我吗？

杜涛无言以对。

梅子说：如果我不考研了，你是不是回心转意？

杜涛没说话。梅子感觉快要控制不住自己了：你快说呀！

终于有了声音，却是梅子最不愿意听到的答案：我觉得我不爱你了，我们还是分开吧。那么冷漠、绝情。原来，罗列那么多理由，不过是掩饰自己的移情别恋。梅子没有想到，自己会沦为可怜的备胎，而且现在还要接受被遗弃的命运。

梅子说：我不要听这些，我现在想见你。

杜涛：还是算了吧。

梅子：你来吗？

杜涛：太晚了。

梅子：那我去找你。

说完就挂断电话。梅子出现在杜涛眼前的时候，天已经黑透。昏暗的灯光下，杜涛一脸的茫然无措。梅子走进厨房，下了一袋方便面，还加了一个鸡蛋，端着锅吃起来。杜涛觉得眼前这个女人身体里潜伏着让人恐惧的力量。这力量不知道什么时候横空出世，显出破坏一切的威力。

与往常一样，他们并肩躺在床上。梅子突然对杜涛说：我们恋爱这么久，你为什么一直不上我？

杜涛回答：我觉我要对你负责。

梅子说：你怕什么？

她翻身压在杜涛身上，使劲扯开他的衣服。杜涛握住她的手，说：别这样。

梅子哭着说：我早就不是处女，不需要任何人对我负责，我自己对自己负责。

在一起的时候，梅子无休无止地对杜涛好，担心把男人弄丢了；分手的时候，又拼命挽回，失去自我，卑微到尘埃里，可是对方不领情，终究把男人弄丢了。她不明白自己的生活怎么就一步一步走到了如今这个地步。自己依旧孑然地杵在世上，一事无成，蹉跎的只是岁月。

十三

考研这件事，终于演变成生活的唯一出口。梅子暗下决心，如果考研失败，自己就去死。只有从考研的路上挤出来，她才会脱胎换骨，凤凰涅槃。于是没日没夜地备考，于是忘乎所以地备考，于是不惜一切地备考。然后，她如愿以偿考上了。志愿是遥远的南方，比肖冉的南方更靠近赤道。

她以为会如释重负，会扬眉吐气，会身心愉悦，事实上，这些感情都没有如期而至。离别的那一天终于到来，她反而舍不得起来，舍不得她的学生，舍不得白发老校长，舍不得养育她的父亲，舍不得收藏在记忆里的那些爱与恨。她终于意识到，生活永远不会像手心和手背，翻一下，世界就变成另外一个样子。换一个地方，那些让她困惑的、迷惘的、不敢直面的问题依然摆在那里。

原来，所有的问题其实是一个问题：自己还没有彻底想明白，究竟要怎样的生活。

这也无可厚非，这个问题确实不可能轻易得到答案。那么，就允许自己多花一点时间，多经历一些事情吧。我们要做的，就是以足够的耐心期待答案水落石出的那一天。在此之前，好好爱自己。人生来孤独，陪伴自己走完一生的，只有自己。

生长在城中央

我很小的时候就特别虚伪，人前装乖，人后就变成了疯子。我表姐人前人后都是疯子，她疯得彻底。从小开始，她就是一个极端的人。她有个大众化的名字，叫蓉。我小时候叫她喂；长大一点才礼貌地叫她姐。现在她已经没有任何称呼了，如果有什么话，我就直接对她说。

我大概在小学四年级的时候知道了男女有别这件事。有次上体育课，一个总是拖着鼻涕的女生突然从海绵垫上跳起来，冲体育老师大声叫道：你不要强奸我，你不要强奸我！年轻的体育老师摘下鸭舌帽，他的肌肉在阳光下闪闪发光。课后，我们对拖着鼻涕的女生表示强烈鄙视。

有人盘问她：你凭什么对老师大呼小叫，不觉得这样很不礼貌吗？

女生狠狠吸了一下鼻涕，说：他是坏人，他想强奸我。

另一个声音反驳道：瞎讲，他为什么不强奸我？

女生说：你是男的，男的不强奸男的。

事后我特意向表姐讨教了一番。那时候她已经上初中，一副无所不知的样子。当然，她确实透露了许多秘密，让我小小的心灵震惊了一次又一次。我对她百科全书式的博学膜拜不已，她也喜滋滋地接受了我的膜拜。

我觉得表姐长大后可以当科学家，除此之外的任何"家"都对不起她的智商。不过，她的理想却是当上公主，拥有一张巨大而且帷幔复杂的公主床。而我似乎只对当强盗感兴趣，因为这个职业可以光明正大地住山洞。

时光一转，我们又稍稍长大了一点。过年的时候，表姐来我家玩，还留宿在我家。那时候我们已经不经常见面。晚上，我妈打算委屈自己，让表姐和她挤一张床，但是表姐坚持要跟我睡。我其实很不好意思的，脱衣服的时候忸怩了半天。最后表姐看不下去了，她问我：要不要帮你？我于是麻利地扯下衣服，钻进了被窝。

我喜欢和表姐说话，因为可以不用脑子考虑什么话该说，什么话不该说，反正说什么都无所谓。表姐应该与我有同样的感受。我现在还搞不清两个小屁孩在一起能有什么好聊的，但那时候我们确实无话不说，而且没完没了，每次都聊到很晚才罢休。

再后来我上大学了，表姐参加工作不久。我们在一个城市，她租了一间房，我则住在糟糕的八人宿舍。我去看望她，晚上往她床上挤，被她一脚踹了下来。她把枕头和被子扔给我，对我说：都这么大了，怎么好意思上你老姐的床？

我那时候正在泡妞，却完全猜不透女人的心思，于是聊天的话题就集中在探讨女人的心灵世界。与表姐聊这个话题实在太靠谱儿了——作为女人，她当然对同类的想法了如指掌。在她的指点下，我泡妞的本事渐长，到处祸害无知少女。她还经常给我出馊主意，比如时不时爆粗口以显示自己很男人（她还说女人就吃这一套），比如强吻的时候要把女人逼到退无可退的死角。她的许多金玉良言我都付诸实践，还蛮灵的。后来我发现感情不是游戏，幸福总是与痛苦相伴，于是我们奢谈感情的时候越来越少了。

有段时间表姐失恋，没人陪她疯，只好自己跟自己玩儿。正好她要考会计证，休息时就泡在图书馆的阅览室里，一坐就是大半天，中午吃点干粮。她说只有到了图书馆才想看书。我那时候正在"伪文青"的道路上大步向前，去图书馆阅读先锋杂志、吸收一点儿时尚潮流信息当然是"装逼"必备。就因为这，我们厮混在一起。表姐拼命啃考试教材，借此治疗情伤，我则假惺惺地读点儿文艺书。太阳光从硕大的落地窗照进来，屋子里狂欢的灰尘历历可见，此时此景颇为梦幻。从我的角度看过去，表姐粉嫩的皮肤闪着晶莹的光芒，短发干净又利索。她看上去迷人极了。我真搞不懂那个臭男人怎么就忍心放手，丢掉了这么个人间尤物。

　　阳光不知不觉间移动着位置。下午两三点，我们从图书馆的西门出来，穿过一个勾檐雕栏的小花园，就到了熙熙攘攘的红尘世界。表姐展露了她的吃货本色，天上飞、海里游的美食她都忍不住要尝一尝，而我只想吃香菇炖鸡面。于是吃吃喝喝、磨磨蹭蹭，转眼就到了晚上。我们出双入对，表姐喜欢挽着我的胳膊，故作小鸟依人状，别人都以为我们是情侣。表姐说：借你用一下，你的小女友不会介意吧？我对她说，她要是反对我就甩了她。我的口气决绝，所以表姐对这个回答感到满意，她的嘴角扬起了得意的微笑。

　　我泡妞花掉了很多钱，老爸老妈很生气，他们总是在接济我的同时附赠没完没了的训斥。我受不了了。我决定向老姐借钱。老姐慷慨地给了我钱，我再用钱去买虚荣。转眼我就毕业了，我终于没能用花天酒地留住小女友的芳心，她回到自己的城市，在父母的安排下做了一名教师，并且以出人意料的速度成了别人的新娘。我留在原地，日子过得晃晃荡荡、空空落落。我偿还了欠款，表姐不再是我的债主，我们平等了。

我越来越倾向于一成不变的生活方式，晚上在固定的地点跑步，上班走一样的路线，常年在相同的餐馆吃饭。我最终滑向了大龄文青的不归路，真是悲剧。表姐烫了卷发，拥有风骚与清纯的双重气质，追求她的臭男人多得让她吃不消，她越来越不把男人当一回事——这证明物以稀为贵是颠扑不破的真理。

我们一如既往地厮混在一起，尽力去尝试那些看上去很酷的生活方式。她不怎么在乎钱，竟然和我抢着埋单。她说，反正我在这个地方买不起房，干脆把钱花光拉倒。我告诉她，让女人掏钱不是我的风格。她骂我神经病。

终于有一天，我以从未有过的郑重口吻与她探讨人生归宿问题。我对她说：你也老大不小了，有没有认真考虑过结婚这件事情？

她以从未有过的正经口气回答我：我比较喜欢小孩，谁借我一颗精子，我想先生个小孩玩玩。

我意识到谈话无法继续，于是以从未有过的不正经口吻说：如果你三十五岁之前嫁不出去，就做我的情人吧。

　　她以一如既往的没心没肺的口吻回答：好，一言为定。

　　过完年，我们从故乡千里奔袭，回到醉生梦死、挥洒青春的城市。南国的雪轻飘飘地从天而降，因为堵车而在高速路上滞留许久，目睹了无数连环追尾事故。大家好像都不得不赶在春天到来之前忙活起来，唯其如此，才算不辜负韶光。表姐有点晕车，她把手深深插进口袋，头靠在我的肩膀，闭上了眼睛。我擦了擦蒙在车窗上的雾气，望见汽车尾灯拼成的长龙，心里无端生出了悲凉。每一个人，都是匆匆划过时空的过客。

　　我送她回到住处，已经是凌晨。窗台上积了一层毛茸茸的雪，在夜色下泛着幽幽的光。我们煮了面条吃，还喝了几口酒。她说：我们一起睡觉吧，一个人睡太冷了。于是，我们同床共枕，就像小时候。

　　她说，每次回家过年，都要被催婚。

　　你是该结婚了。

　　那你干吗不结婚？

　　跟谁结？总得找到喜欢的那个人吧。

　　那不就得了。

其实，我们都没有什么原则的，独自捱过一个又一个漫长寒夜，是为了在千万人中遇见属于自己的百分百爱人。如果不是因为相爱，还有什么理由能够让两个人厮守在一起呢？

　　春天到来之前，老姐得到了一家牛烘烘的上市公司的offer，而且是她心仪已久的职位，待遇更是好得让人咋舌。我仿佛已经看到了她踩着高跟鞋纵横职场的霸气风姿了。怀揣着公主梦的她在坚硬的现世里跌打滚爬，脱胎成了女王——生猛，并且无敌。

我女朋友和她的女友

　　沐子是我女朋友的女朋友。反正我跟我女朋友好的时候，她们就是闺密了。据我所知，她们的性取向都正常，但是她们在一起的时候很像同性恋。平时手牵着手，高兴的时候抱在一起，高兴极了的时候还会亲嘴。我觉得男人和男人之间的友谊怎么也不会恶心到她们这种程度。

　　我和我女朋友的恋情始于夏天，第二年春天的时候，我告诉她：也许，我们在一起不合适。她问我：哪里不合适？我耐心地罗列了一二三四，并且逐条进行了解释。之后，她说了许多不同的看法，她深陷在细节里，喋喋不休地回忆起在一起的时光。我很快意识到这样反复纠缠只会让事情变得复杂。

于是，我干净利落地对她说：归根结底，我觉得我不爱你了，我们分手吧。

我以为她会伤心或者生气什么的，我甚至都准备好了安慰她的话。可是，她把我的话当玩笑了，只是不屑地冲我笑了笑，说：你想分手就分手啊。然后她拽着我的胳膊，让我陪她去逛街。我没有任何时候比那一刻更讨厌逛街了。

我决定去网吧上网。很快，我女朋友和沐子一起找我来了。她们俩就像喊我回去吃晚饭的好朋友，表情淡定，姿态优雅。我和我女朋友要好的时候，她们在一起；如今当我决定不要好的时候，她们也在一起。沐子以为我和女友只是吵架了，所以一开始她站在一旁，尽量保持中立。我表现出了一个负心汉的本色，对女友不理不睬，脸上堆满了鄙夷的表情。我盯着电脑屏幕，不知道自己在看什么；女友一直不厌其烦地跟我说话，我没怎么听进去。我不知道自己到底在干吗。

如此这般，过了几分钟，沐子突然抓起手边的一个可乐罐，狠狠摔在地上，可乐飞溅得到处都是。整个世界一下子安静下来，只有沐子一个人大声说：杜偎你这个傻叉，不就是要分手吗，为什么不说清楚！

说完，她一把拽住我女朋友的手，以一种不容抗拒的力量把她拉出了网吧。全网吧的人都向她们俩行注目礼。我没见过这么剽悍的女子，傻愣了一会儿，也龟缩着脑袋溜了出去。

我郑重地写了一封信，详述了分手的理由，并且附上了温暖的祝福语。为了避免再度把事情复杂化，我请求沐子把信转交给我女友。沐子见了我，话也不说，一脸鄙夷的表情，拿了信转身就走。我跟上去，对她说：劝劝你的好朋友，请她不要再纠缠我了，行吗？她转过身重重地踹了我一脚，恶狠狠地说：你这头猪，什么都做了，就想一了百了，你是畜生！

我确实羞愧难当，我就是一个猪狗不如的混账东西，当初甜言蜜语，山盟海誓，把姑娘骗上了床，如今说尽了虚伪而堂皇的话，只是为了麻利地甩掉人家。

半夜，我接到沐子的电话。她在电话那头说：你女朋友买醉，你最好来看看她。我赶过去之后，只见一屋狼藉，地上吐满了污秽之物，酒瓶子到处滚。女友躺在地上说胡话。我试图把她拉到床上，但是她重得像一头猪。沐子一脸气愤，而且看上去很疲惫，看来她被她的好朋友摧残了一个晚上。她说：我再也不管你们了。然后她就回自己房间了。她和我女朋友一直合租在一起。

我把我女朋友擦洗干净，抱上了床，盖好被子。她终于安安静静地睡着了，看上去像一个受伤的孩子。我不知道是因为愧疚还是因为悲伤，泪水止不住地流了下来。当初为什么要说爱她，现在为什么又要说不爱她？爱到底是什么？是因为受到欲望的蛊惑才要在一起吗？是因为失去了新鲜感才要分开吗？杜偎，你难道不是一个薄情寡义的人吗？

我想，我不应该留下来过夜。当我走到客厅的时候，沐子也出来了。她问我：你打算怎么办？

我说：不知道，不知道。

沐子说：她很爱你，你不应该随便挥霍别人对你的爱。

她的话戳到了我，羞愧和悲伤席卷而来，我又忍不住哭了起来——一个男人动不动就流泪，这是一件多么恶心的事情。情绪平复之后，我对沐子说：我真的不再爱她了，我不想勉强下去。沐子无奈地看着我，说：你当初就不应该草率地说爱。

第二天，我打电话给沐子，询问女友的情况——也许用前女友的称谓更合适。沐子告诉我：她不死不活，暂时就那样呗。我拜托她照顾好我的前女友。沐子说：你可以去死了。然后她就挂断了电话。

我和前女友如胶似漆的时候，沐子是孤家寡人。她的感情经历是个谜，就连她的闺密对此也一无所知。那时候我经常住在前女友那里。她们合租的房子是一个简单的长方形屋子，中间是客厅，两头是卧室。我女友住的房间稍大，连着阳台。如果沐子要去阳台晒衣服，就不得不穿过我们的房间。她反正如入无人之境，从不敲门，对房间里的不堪场面也熟视无睹，神情漠然。我女朋友对此也毫不介意，她轻佻地对沐子说：你啥时候也找个雄性，我们一起4 person。沐子把她的性感小内裤晾上了衣架，回应说：行呀，你等着哈，到时候别掉链子。我觉得她们就是两只不害臊的妖精。

我们三个人有时候也一起出门远行。每当我们结伴的时候，外人都对我们的关系困惑不解。她们两个女人一人拽我一只胳膊，像两只大榴梿，甩都甩不掉。我其实也无比享受地搂着两个女人的蛮腰，有时候还故意把手滑到她们的屁股上——那情形既让人不知所然又浮想联翩。不过，绝大多数时候，我只是一个负责背包和拍照的勤杂工，上蹿下跳地寻找各种角度拍下两只小妖精的美丽瞬间。我女朋友有时候也担当摄影师的角色。每当这个时候，沐子就拼命抱住我，又亲又摸，做出各种肉麻的动作，然后大声问：嗨，吃醋没有？我正吃你男人的豆腐呢！

有某些瞬间，我真希望自己的女友是沐子。因为她的身材看上去比我女友的更劲爆。

很快就到了过年的时候，我和女友依依不舍地告别，远方的亲人在召唤她，她必须回家团圆了。我一向讨厌凑热闹，为了不给不堪重负的春运添乱，我毅然决定一个人过年。女友走后，我从自己的狗窝里搬了出来，彻底住进了女友的房间。那段时间我正在赶写一个烂俗的剧本，需要耳根清静，而男人的合租房里最稀缺的就是这玩意儿。

年关将近，沐子还在屋子里晃悠，我问她：为什么还不回去？

她说：关你屁事。

我针锋相对：我需要关着门开着空调脱光衣服在屋子里走来走去以便激发创作灵感。

她瞪了我一眼，说：你倒是脱呀，不脱你就是怂蛋。

托沐子的福，我每天早上九点多起床还有早饭吃，她总是好心地给我留一份。她有时候早上起来，穿着睡衣跑到阳台上拿衣服穿，拿到衣服就直接钻到我的被子里，暖和一会儿再接着穿衣服。我说：你不怕我把你就地正法了？

她说：你来啊，我不怕你。

我翻身过来，还没伸出手，就被她狠狠踹了一脚，疼死了。

我把写好的剧本拿给沐子看，她看了不到一页，就起身去找零食吃了。我那时候还与女友保持着每天一小时以上的通话记录。我打电话的时候，沐子会突然抢走手机，然后大叫：喂，你男人强暴我。她在床上翻来覆去，做出挣扎的样子。挂断电话，我说：你继续看剧本呀，给我提提意见。

她垂头丧气地说：你还是强暴我算了，你的剧本烂得有没有天理啊？

我确实写得心力交瘁，为了满足各方对剧本提出的要求而翻来覆去地修改。我烦躁极了，既着急，又静不下心来动笔。沐子说：既然不在状态，我们干脆出去玩吧。

外面的世界很冷清。没有阳光，风不大，但是很冷。我说：妹子，借我一只手吧，我想体验一下初恋的感觉。沐子慷慨地把手伸进了我的羽绒服口袋。于是，我们像恋人一样逛街、吃饭、买衣服、看电影，我都不知道我们在一起聊了什么。冬天深了，人们蛰伏起来，却阻止不了感情的潜滋暗长。

晚上，我们就躺在一起，除了做爱，我们把男女能在床上做的事情都做了。沐子说：请不要超越底线，否则性质就变了。我谨遵她的嘱咐。

这一切听上去就像一个男人的春梦，比我胡编乱造的剧本还要荒唐。

年后我终于交差，不用再为剧本烦恼了。我回家见了父母，我姐正好也回娘家来了，和她一起来的还有大腹便便的姐夫和他们的宝贝女儿。姐夫打开电视目不转睛地看广告，估计他已经无聊透顶了。剩下的人用尽了他们能搜罗到的理由，苦口婆心地劝我早日成家，娶个老婆生个娃娃然后过安稳日子。我抱着小外甥女亲了又亲，还用胡子蹭她的手心。我问她：喜欢舅舅的胡子吗？小外甥女嗲声嗲气地回答：喜欢，好痒啊。我又想起了沐子，她喜欢我用胡子蹭她。

再次和女友见面的时候，她给了我一个熊抱。沐子不在，她回家了，还没回来。

我发现一切都变味了。女友温情脉脉地向我倾诉她的相思之情，甚至第一次主动脱我的衣服，可是我脑子里想的是沐子，我没有办法全身心地和我的女友在一起。这么俗套的感情故事终于在我身上发生了，我的表现比最最烂俗的剧本还要糟糕。我想，我应该提出分手。感情的猫捉老鼠游戏一点都不好玩。当你不再爱一个人的时候，分分秒秒都是难受；当你爱上另一个人的时候，分分秒秒都是煎熬。

沐子回来之后，决定换一个住的地方。她说：我可能受不了你们放肆的声音。沐子是在上午提出这个想法的，下午我就打包了自己的东西，从女友的房间里搬了出来。之后，我对我的女朋友说：也许，我们在一起不合适。

冬天过去，春天到了。

分手却一直持续到秋天。直到我再也找不到前女友的任何联系方式了。我想，一个女人被时间耗掉了她对一个男人的所有寄望之后，应该可以坦然接受没有他的事实了。那些辜负和被辜负的人，都在心口留下了情伤。

我和沐子也没有再见面，偶尔通电话，聊的也是我的前女友。我也认真想过要和她在一起，但是我们以飞快的速度变成了隔阂重重的人，我们不再说肆无忌惮的话，不再开毫无底线的玩笑，以前的心照不宣和互相勾引也荡然无存。沐子告诉我，我的前女友在醉酒之后还找过我一次。我当时已经换了住处。她死活不肯相信我的前舍友们说的话，在楼道里守到半夜。沐子找到她，要拖她回去，她不肯，赖在地上不动。两个人僵持了一会儿，沐子甩开手，骂她：你个贱女人，人家不要你了你还赖着人家干吗！前女友漠然地蹲在地上，沐子骂了两句就哭了，她觉得自己才是贱女人。

我告诉沐子：我提出分手只是因为我不再爱她了。我们都只爱自己，她拼命挽回爱情，却不顾忌我的感受，她多么自私啊。我只想麻利地甩了她，却不顾忌她的伤心，我多么自私啊。我们都自私到只爱自己。

沐子和我的前女友依然要好到让人恶心的程度。我在沐子空间里经常看到她们晒的"恩爱"照片，嘴巴对着嘴巴，手牵着手，两个女人腻糊糊的像同性恋。她们笑容明媚，看上去比以前更开心。

有一次，我不小心在瑞吉广场迎头撞见她们俩。那段时间我正在泡一个妹子，所以当时的我穿着"衣冠禽兽"的衣服，左手巧克力，右手红玫瑰，一副二百五的标配。沐子和前女友都是热裤凉拖，大白腿亮瞎眼。

沐子上下打量着我，嘴里啧啧地说：哟，杜公子这是要干吗啊？

前女友附和道：妹子还没来啊？

我恨不得拎起自己的脖子把自己扔出地球。她们一直在一起，我才是从她们的世界偶然路过的人。

取悦自己就成功了

一

我今年三十岁了。刚毕业的时候，全公司的人都叫我小潘。不知道从啥时候开始，大家悄悄改口叫我潘老师，新来的几个丫头片子干脆呼我为老潘。反正，我基本上和"小"说"拜拜"了。"90后"和"00后"的新人们迫不及待地步入职场，频繁刷新着菜鸟和老鸟之间的年龄差距。作为"80后"小爷，在迅雷不及掩耳盗铃间就沦为了前辈，我表示压力很大。幸好，还有娜姐。

娜姐的具体年龄是个谜，但她肯定比我大，而且自始至终一直如此。

　　据我所知，娜姐的人生理想是相夫教子。她咬牙切齿地说金钱事业朋友神马的对女人来说都是浮云，找个靠谱的老公才是王道，生个胖娃娃才有幸福。我给她一个鄙视的大白眼。在我看来，对自己好才是唯一的意义，把有限的生命投入无限的吃喝玩乐中才是正经的追求。总之，我们对人生价值的看法迥然不同。相同点在于，我们俩都没结婚。我不想结婚也没遇见合适的对象，而她特想结婚但是没遇见靠谱的对象。

　　于是我们凑到了一起。当然，在一起的目的不是谈情说爱，而是想方设法让彼此的人生更加腐败。我们混在新新人类的世界里，出入各种灯红酒绿的地方，敢于尝试一切听上去比较酷或者新潮的玩法。我们在充分参与的过程中燃烧着所剩不多的青春和钞票。对于看开了人生的光棍人士来说，生命无非是从生到死，赤条条地在人间走一遭，什么也休想带走，生命的意义就在于体验活着的滋味，而单身的好处就是：你能够在生活中更加彻底地贯彻这种腐朽思想，而且没有人管得着你。

　　娜姐的想法却是这样的：反正以后吃老公花老公的，自己现在攒的那点碎银子连个安身立命的地方都买不起，所以干脆花光拉倒。娜姐和我搭伴儿夜跑的时候，扎个马尾辫，脚上蹬一双粉色运动鞋，小样儿还是蛮青春的。她对我说：老娘要是实在嫁不出去，咱俩就搭伙过日子吧。我说我可不是个随便的人。娜姐说：我是，行了吧。我停下脚步，看娜姐扭着大屁股往前跑去，马尾辫左右摆动，觉得退而求其次，跟这个女人将就下半辈子似乎也能接受。不过，仔细想想，我觉得自己是个不靠谱的人，自私到只爱自己，贪恋感情又极易审美疲劳，所以无论如何也不能祸害眼前的大屁股姑娘。毕竟，我和她无冤无仇。

二

烟花三月草长莺飞的时候，娜姐和我参加了一个野外穿越活动。路线不算刁钻，穿越难度不算大，所以理所当然地没有受到咱们这帮"骨灰级"玩家的重视。穿越之行的第三天，我们有幸遭遇千年一见的浓雾天气，照镜子都看不清自己的脸。轮渡全部取消，我们被困在一个不大不小的岛上，无法赶到宿营地。大家竟然都洋溢出莫名其妙的兴奋，不紧不慢地在一块空地上搭起帐篷，生火做饭，男男女女互相调情，其乐融融。

谁也没料到，晚上温度骤降，而且狂风大作，没办法生火取暖，只好缩在帐篷里任凭上牙和下牙打架。不知道是啥时候，娜姐扯开我的帐篷，钻了进来，一把抱住我，而且越抱越紧，恨不得把我勒死，脸差点埋进我的睡袋里了。我哆嗦着说：孤男寡女授受不亲啊。娜姐只短促地回答了一句：去死。然后拼命扯我的冲锋衣。得逞之后，她进一步要求我拉开睡袋，她要把手和腿放到我身上。我有气无力地请求她去祸害别的男人，但是她已经不容分说地和我纠缠到一起了。似乎真的暖和了起来，两个人的温度加在一起果然是一加一大于二。我迷迷糊糊地竟然睡着了，梦里全都是其他小伙伴被寒冷打垮的惨叫声。

　　一觉醒来，天还是黑的。我伸手摸了摸娜姐的大屁股，她矫情地扭了一下，表示不乐意。我问她：你是醒了还是没睡着？她说：是前者。我问：你还冷吗？她说：废话。然后我就邪恶地说：我们可以做运动，这样会暖和起来。她问：什么运动？我扑哧笑了出来。她反应过来，伸手狠狠掐我。我深谙女人拒绝即接受的铁律，手贱贱地从她的屁股滑到腰际，然后顺势而上，直逼大胸而去。干柴和烈火纠缠到一起，滑入了人生的又一个马赛克时光。

　　第二天早上，云开雾散，太阳公公露出光芒万丈的脸，照耀大地，普度众生。我和小伙伴们轻盈地跳跃到汽渡的甲板上，心情春光灿烂。湖光山色，不在话下。娜姐时不时在我面前闪过，俏皮的马尾辫成了她的招牌，神不知鬼不觉地烙在了我的心头。隔一会儿见不着，我就会不自觉地四下寻找，找到了，心里竟涌出矫情的小欢喜。有时候四目相对，觉得不好意思，赶紧移开，嘴上不说话，把心照不宣的秘密藏起来。我想说，这感觉还蛮美妙的。

重回轨道之后，娜姐和我没有黏黏糊糊跌入脑残青春偶像剧的烂俗套路，毕竟我们都老大不小，能够轻松而随意地看待上床这件事。我们依然如故，继续保持平行关系。我不亦乐乎地把妹，娜姐也马不停蹄地相亲和约会，周旋在各色男人之间。我们依然相约夜跑，她乐于向我讲述各种匪夷所思的约会奇遇，我直呼大开眼界。

跑步结束，我们通常会庸俗地走进一家小咖啡吧。我要一杯果汁，而娜姐只喝柠檬水，她声称自己在减肥。咖啡吧的老板娘是我们以前的同事，皮肤很白，更有一双让人看一眼就心里痒痒的大白腿。老板娘招呼好客户就凑过来聊天。聊的最多的还是感情话题，而且最后都是无解，剩下一声叹息。

有时候我执意送娜姐回家——如你所想的那样，我不打算回自己家了。某个夜晚，我俩并肩躺在床上，窗外传来渐淅沥沥的雨声，有几缕风吹动了窗帘，送来丝丝凉意。夜深人静，屋子里颇有些中世纪的忧伤气氛。娜姐幽幽地问：你真的不打算娶我吗？老实说，我没考虑过这个问题，所以不知道怎么回答她。也许我喜欢的是花样美少女，又或许是腿长胸大的窈窕女郎，而不是如她一般的居家实用大姐大，对此我还不太确定。她自言自语地说：归根结底，你还是不爱我。也许，她道出了残酷的真相。起码，我没有爱到想娶她的程度，然而她急切地要把自己嫁出去，并且要生孩子。

可是，爱是个虚妄的词，爱的含义到底是什么？

三

娜姐约会过一个奇葩男。她说：一见面我就嗅到了他浑身上下散发的伪娘气息。本想直接闪人，无奈菜已上桌，不告而别显得太没人品，只好应付下去。闲扯了几句，对方竟然都不敢抬眼对视。娜姐不由自主拿出了御姐范儿，先是畅谈人生大道理，后来直接换成导师口吻，罗列一二三四，再然后是心灵鸡汤，春风化雨诲人不倦。酒足饭饱之后，娜姐拎包撤离战场，对方不依不饶，碎步跟在一旁。华灯初上，夜色迷离，路上来往的车辆渐少，娜姐的心头无端生出几分豪迈之情。对方提议去附近的公园转转，娜姐同意，反正闲着也是闲着，权当饭后消食。对方磨磨蹭蹭的，走了很长一段路，终于冷不丁抓住娜姐的手。娜姐没拒绝。

公园的露天广场上有人跳舞，有人散步，也有些孤孤单单淹没在夜色里的身影。无论如何，夜晚呈现出这个城市悠闲、自在的一面，让人不由自主地长舒一口气，放下紧绷的神经，舒展凝重的脸色。娜姐觉得在这么温柔的时光里被另外一个人牵着手也不赖，起码不算辜负了有限的生命。两人款步在公园的小路上逛了一圈，之后在一处僻静的长椅上坐定。娜姐仰望星空，正打算抒发幽情，忽然有个黏糊糊的东西凑到了嘴唇上。娜姐几乎出于本能地转过脸，避开了索吻。她嗔怪道：小朋友，难道没人告诉你心急吃不了热豆腐吗？

各回各家之后，对方偶尔骚扰，娜姐不咸不淡地回答着，对方很快也没了兴致和耐心，彼此都不再联系。就这么过去了一个多月，某天，对方的QQ头像突然闪烁了出来，点开消息一看，竟然是：我知道你对我没兴趣，那就请帮我充100元话费，那天我们一共消费200元整，就算AA制好了。娜姐二话没说，立刻帮对方充200元话费，并留言道：算我泡你好了，饭我请了。

原来谈情说爱也可以这么现实。

四

　　娜姐的相亲奇遇记还有很多，以后有机会我还会再写，这里先不啰唆了。一番众里寻他千百度之后，娜姐终于和Mr.Right相遇。那是一个并不万众瞩目的日子，对先生的出场也平淡无奇，身穿灰色商务休闲男装，推门的时候竟然用了一个特别低调的俯身姿势，好像有令在身的特务。张口唤一声你好，声音饱满又极富磁性。随后的交谈也是有礼有节，落落大方，不乏幽默感。对先生初步具备了一个成熟男士的魅力，让娜姐一见倾心。

　　与所有平淡无奇的爱情剧一样，娜姐和对先生走完了从牵手到上床的过程，之后本该谈婚论嫁，但对先生以各种理由搪塞，始终不见父母，就连自己朋友圈的活动他也很少带娜姐一起参加。当娜姐将这些全盘说给我听之后，本来就对同类没多少好感的我更是对这家伙深表怀疑。我建议娜姐从此冷淡对待他，听之任之，观察他的表现。我的逻辑是：如果对先生真爱娜姐，那他自然会努力追求，娜姐自然化被动为主动；如果对先生是玩弄感情的伪君子，那他也会识趣地知难而退。

娜姐深以为然，并且遵我所嘱，执行了一段时间，后来眼见对先生要离自己而去了，又不甘心。信誓旦旦的情话还在耳畔萦绕，伊人的容貌犹在眼前，既真实又虚幻。娜姐决定找对先生说说清楚。对先生却完全不配合，东藏西躲，不亦乐乎地玩起了躲猫猫游戏。她拼命要抓住他，折腾到最后，爱凋零成一地鸡毛，让人难堪。娜姐想想，还是算了吧，何必自取其辱，于是带着一身伤，回到原点，依然是孤单一人。娜姐哭了，她骂自己贱。我搂着她入怀，摸着她的马尾辫说：在爱的世界里，我们都贱的，都贱的。不知道她有没有感觉到我的温存。

　　娜姐似乎很快从被甩的悲伤中走了出来，恢复御姐的往日雄风，夜跑时还特意夸赞我的床上功夫好。跑完1500米，我们改成了散步，娜姐挽着我的胳膊假装小鸟依人。她微微扬起头，感慨道，其实单身也挺好，自由自在，还能随便泡男人。

　　我连忙夸奖她，说：活到现在你总算豁然了，恭喜啊！

　　娜姐忽然又无奈起来，戚戚然道：奈何父母催逼，小女子实在招架不住呀。

　　我也跟着无奈起来，身为"剩男"中的"圣斗士"，我同样深受其苦。

　　娜姐很快又说：不管这些了，爱咋咋地吧，老子活得快活就行了。

五

　　还是娜姐想得开。既然缘分等不到，那就做一个快乐的"剩男"或者"剩女"吧。别在意其他人的看法，我们是为自己活着，只取悦自己，用自己觉得舒服的方式度过每一天，你就成功了。娜姐棒棒的，么么哒。

时间会磨平一切

／

爱情是奢侈品，
爱才是必需品。

那个知了叫不停的
夏天不会永垂不朽

他们相识的时候，邵晓还没毕业，任玩玩已经在这个城市卖东西最贵的商场里当了三年的服装导购员。

邵晓和任玩玩恋爱之后，他回宿舍睡觉的次数就越来越少。任玩玩租住在一栋临河的民居里，一楼是卖五金的，二楼被粗暴地分割成三个房间，任玩玩住在临河的那一间。优点是房间连着露天阳台，晚上可以仰面看星星，缺点是河水污染严重，气味难闻，尤其到了夏天，蒸腾而上的水汽从窗户的缝隙里冲进房间，那滋味……算了，还是不形容了。

邵晓却觉得，只要能和任玩玩在一起，这些都不是事儿。

上完课，邵晓去篮球场上打比赛，完全无视夏天的烈日炎炎。校园里茂盛的香樟树制造出大朵大朵的浓荫，知了躲在看不见的地方没完没了地叫。如果停下脚步，就能听到车水马龙的遥远市声，越过校园的围墙，越过粗重的教学楼，越过高低起伏的树冠，在宁静的午后时光里轻轻回荡。在邵晓的记忆中，那个夏天萦绕着漫天的知了叫声。

打完球，邵晓仰起脖子，猛灌一瓶冰镇碳酸饮料，再回宿舍冲个凉，夏天的酷热就被甩得老远。他骑车穿过漫长的东大街，来到任玩玩租住的民居门口，把车锁在狭窄的过道里。东大街路两旁的白桦树一年四季都在落叶子，洒水车一路播放庸俗却好听的方言歌曲。

在邵晓的记忆中，那些逝去的夏日时光是冰镇饮料刺激又清凉的复合味道。

任玩玩不在家的时候，邵晓自在地躺在房间的大床上，悠然看着女友的内衣和丝袜在窗外的晾衣竿上摇来荡去，联想起女友的迷人身材，那感觉很美妙。有时候他把球衣和女友的工作服晾在一起，两件衣服看上去就像般配的两口子，在风中恩爱地扭着腰肢。有一次，他收衣服的时候不小心松了一下手，眼睁睁看着女友的衬衣掉进河里，他用竹竿好不容易才打捞上来，狠狠洗了几遍也去不掉臭味，只好忍痛丢掉了。任玩玩因此跟他赌了半天气。

傍晚时分，他从东大街踱步出来，依次穿过曹家巷、太监弄、白塔西路，来到任玩玩上班的商场门前。有时候他会走进去，里面空调的温度开得太低，凉气让手臂起了一层鸡皮疙瘩。他乘电梯上三楼，漫步来到任玩玩的地盘，那里只卖女装，一件薄薄的针织衫都能卖到上千元。他在过道的椅子上坐定，故意用放肆的眼神看他的女友。任玩玩一身简洁的职业套装，配一双平底鞋（穿高跟鞋简直是找死，因为她基本是站着上班），流露出一种假装白领的可爱劲儿。她假装不认识邵晓，只是偶尔冲他翻一个白眼。有时候她正忙着忽悠顾客，拐弯抹角地夸赞她们，好让她们头脑发热然后买下严重背离价值规律的商品。邵晓用一种陶醉的眼光欣赏着任玩玩所做的一切。

　　走出商场，任玩玩开心地牵起邵晓的手，迫不及待地跳进人声鼎沸的海洋。街上熙熙攘攘挤满了下班回家的人，商家拿出了十二分的热情在门口吆喝。太阳的威力稍稍减弱，生活依然是火热一片。任玩玩喜欢在家里做饭吃，因为她觉得这样卫生一点，邵晓则认为夏天炒菜太热，但是任玩玩坚持要自己动手丰衣足食，于是他们去菜场买菜。

　　晚上吃蛋炒饭，是里面放胡萝卜粒、芹菜粒、香菇粒等内涵丰富的那种炒饭，配上西红柿蛋汤。邵晓觉得味道棒棒哒。不管是什么，只要是任玩玩做出来的，他都觉得好吃。整个晚饭的时间，他一个劲地说好吃，说得任玩玩都不好意思了，她塞了一勺饭到邵晓嘴里，让他闭嘴。吃完饭，邵晓主动要求洗碗，这个大大咧咧的男孩在水槽里把锅碗瓢盆碰得叮当响。他边洗碗边对任玩玩说：你围着围裙做菜的样子和我想象中的老婆一模一样。任玩玩躺在床上跷腿，听到了他的话，感动得鼻子一酸。绯红的夕阳挂在窗口，漂亮极了。

晚上，任玩玩想吃西瓜，于是他们走路去超市，但是超市的西瓜卖得所剩无几，挑剩下的几个瓜品相糟糕，而且看上去不新鲜。邵晓说：东中市有一家水果店，那里的西瓜甜似初恋。他们就多走了一刻钟的路，买到了西瓜。邵晓说的话没错，西瓜果然好吃，以至于任玩玩吃到撑，吃完又后悔不已，说这样会长胖的。她又不理邵晓了，因为西瓜是他买的。

这样的生活从夏天过到冬天，又从冬天过到夏天。邵晓和任玩玩都以为他们的爱情会天长地久，他们会像普通人一样结婚生子但是拥有不平凡的人生，一起看透风景，走至生命的尽头。

可是，歌里幽幽地唱道：相聚离开都有时候，没有什么会永垂不朽。

邵晓毕业第二年，他们分手了。两人都觉得在一起久了，感情倦怠，没了激情。当邵晓提出分手的时候，任玩玩没有要死要活地试图挽留，她的冷静表现让他吃惊。那时候她已经升为店长，两人合租在一家环境清幽的小区。分手后，任玩玩主动搬走了。邵晓下班回来后，屋子里已经看不见关于她的蛛丝马迹了，桌上放着一把钥匙，除此之外没有留下只言片语。

之后他们不再联系，一晃过去了五年。直到有一天，邵晓在空间里看到任玩玩抱着女儿的照片，点开大图，熟悉的面容映入眼帘，往事一幕幕浮现在脑海，心中涌起酸楚的滋味。

邵晓要了任玩玩新的联系方式，说想见一见。任玩玩问：为什么要见？邵晓回答：只是想看看你。

见面的时间选在周三下午，因为任玩玩只有周三可以调休。邵晓请了一天假，坐一个多小时的高铁来到她的城市，再打的赶往约定的地点，却怎么也找不到任玩玩，打电话确认，才知道记错了地方，于是又一番折腾，两人终于面对面坐在了一起。服务员一个劲地向他们推荐新菜品，推荐失败后，竟气嘟嘟地转身走了，弄得邵晓很尴尬。邵晓拼命想话题，试图打破尴尬气氛，但他发现自己刻意说出来的俏皮话既愚蠢又做作，最后只好一口接一口地喝水。坐在对面的任玩玩似乎也没什么好说的。

聊天的话题无非是分手之后各自的生活轨迹，其实也没什么好说的，几句话就能概括，大多数日子不过是昨日的重复。邵晓偶尔回忆起从前，任玩玩总是一副漠然的表情，她似乎并不打算陪他追忆往昔。

吃完饭，邵晓提议找个地方坐坐，喝杯茶，他们来到熙熙攘攘的街上，沉默地走着。邵晓不断向路两边的招牌张望，试图寻找到一个可以喝茶的地方，不过任玩玩说自己可能要回家了，因为小孩交给母亲照看，她不太放心。他们又不知所以地走了一段路。邵晓说：那行，你先回家吧。

任玩玩就走上了公交站台，并且在包里掏出公交卡，然后侧着脸等待公交车。邵晓也跟着上了站台。任玩玩说：我自己坐车，你回吧。邵晓说：我陪你等一会儿吧。

没等多久，车就来了，任玩玩随人群挤进公交车门，之后就不见了人影，他们连手都没有挥一挥就告别了。

邵晓木然地站在原地，那一刻，他觉得阳光刺眼，站台很脏，世界很吵，人们的脸上都是淡漠而陈旧的表情，就像睡了一个昏昏沉沉的午觉。

晚上，邵晓一个人躺在宾馆，捱到后半夜终于迷迷糊糊睡着了。他做了一个梦。梦里的他哭泣着向任玩玩诉说分手之后他乏善可陈的生活和惨淡经营的感情，他说自己后悔说了分手，他说最难忘的是那年夏天他们相拥着在屋檐下躲暴风雨的情景……任玩玩一直沉默着站在身旁，最后，她问了一句：你对我说这些干吗？语气冷淡如路人。

第二天一早，邵晓坐上了回程的高铁，他开始思考此行的目的：叙旧，还是重温感情？想了一会儿，他意识到这次见面实在多此一举。

人生中总有那么一两次意外

　　小周的名字里有个"建"字，他自我介绍时说是"建设"的"建"，但好朋友都称他为"贱人"。因为他闷骚、谄媚，而且毫无节操。

　　今年五一小长假，小周从北京飞到上海，再乘动车赶到苏州。大学毕业后，很多同学留在了这个小桥流水美女多的城市，打发着有滋有味的小日子。小周非要去祖国的心脏闯荡一番，年过而立，虽然没闯出大名堂，但也算小有成就。据说已经跻身某企业的中层，在朝九晚五的职场中劲头正足。在回苏州前，他早已在聊天群里昭告众人，务必趁机聚一聚，重温当年喝酒吃肉调戏学妹的生活。当时我成功泡到了女神，美人在抱，虚荣心爆满，迫不及待地想要搂着女友的小蛮腰在一片羡慕嫉妒恨的唏嘘声中招摇过市，于是我积极响应了小周的提议，并且自告奋勇充当了联络员。几通电话之后，敲定了饭局的人物、时间和地点。

五一当天，全世界人民都出动了，街上浩浩荡荡的全是人，我被密集的人头吓坏了，女神却像打了鸡血一样兴奋不已，在装满了各色商品的百货大楼里上天入地，指哪儿打哪儿，完全颠覆了"女人方向感很差"这个被普遍认可的事实。而我早就是一副头晕眼花不知东西南北的怂样了。女神嫌我拖后腿，我也被这个过分喧闹的世界折磨得浑身不自在，最后我们轻易达成了共识：我提前去酒店安排一切，女神在饭点准时到。

刚到酒店坐定，我的手机就响了。小周说他到了我说我也到了他说你在哪个包厢我说我在"百合"包厢。话音未落，小周就出现在眼前了。这个闷骚的贱人梳一个大背头，还抹了一点点啫喱，颇有几分山寨版周润发的风韵。一问，才知道我们同是天涯沦落人，他受不了人多，提前来了，而他老婆正热血沸腾地在商场里战斗呢。

其他的狐朋狗友还没到，包厢里就我们两人。嬉皮笑脸地胡侃了一番之后，小周突然对我说：你不是在写剧本吗？

我讲个故事吧，兴许你能用上。我说好啊。

故事的男主是三十出头的中年已婚男人，个子不高不矮，身材不胖不瘦，长相不帅不丑，钱嘛，有一点但是也不多。一切都是中不溜的程度。小周说：这样的男人满大街都是。

那天，男主声称自己要去另一座城市出差，他穿上西装，并且像模像样地收拾好行李，带上笔记本电脑。临出门的时候，被刚上幼儿园的女儿拦住了，死活不让出门，不论是哄是骗都不顶用。男主只好用眼神向妻子求助，妻子坐在沙发上看电视，对他不理不睬。昨天晚上他们因为一件比屁大三厘米的事情吵架了，此刻正冷战呢。男主使尽浑身解数也没能摆脱女儿的纠缠，火气上头，对妻子大声嚷了一句：你来抱抱女儿！

妻子不甘示弱，用更大的声音回应：就不抱！

争吵就这么随便地爆发了。幸亏婆婆这时候拎着菜回到家，才制止了闹剧。女儿被婆婆抱进房间，男主气呼呼地摔门而出。走了几级楼梯，发现行李箱忘带了，转身又回去，妻子这时候打开门，把行李箱丢了出来，当然也见缝插针地骂着男主。邻居这时候正好出门扔垃圾，目睹了这尴尬的一幕。男主觉得自己简直是被妻子扫地出门的，样子狼狈至极。

走到小区楼下，女儿的哭声好像还能听到。男主有点于心不忍，但脑海里浮现出妻子怒目相对的样子，还是麻利地发动了汽车，走人。

小周讲到这里，稍微停顿了一下，喝几口水清清嗓子。这时候，美女服务员送来了点心和果汁。

我插嘴道：男主一定不是去出差。

小周说：你猜对了，当然不是去出差啦。

男主是去幽会的。一个月前，他通过神器勾搭了一个妹子，偷偷摸摸见了一次面，两人迅速对上眼，没太多的铺垫就牵上了手。男主谎称出差，其实是奔着出轨而去的。

男主把车开到情人居住的小区，才给情人发消息（妻子偶尔会翻看男主的手机，所以他不敢在家里和情人联络）。情人回复说她正在和小姐妹逛街，恐怕要晚点才能回来。男主说：那你快点赶回来，我等你。已经撒谎出来了，总不能再回家吧。男主只好把座椅放平，躺着玩手机游戏。又发了几条消息给情人，催她回来，却迟迟没有回复。时间一分一秒地过去，男主等得不耐烦，就打电话给情人，电话接通了，里面是各种杂音，情人说了两句就匆匆挂断。男主觉得这种沟通真费劲。一切没有按照他预想的那样进行。

按照男主的预想，此刻的他应该和情人躲在小旅馆滚床单，或者坐在咖啡馆的包厢里调情。可是，直到华灯初上，他还躺在该死的汽车里无休止地等待。他再次打电话给情人问她要不要一起吃饭，情人说：已经吃了烧烤现在很饱不想吃晚饭了，你自己去吃吧。男主这才下车，在小区里逛了一圈，最后在一家面店解决了晚饭。随后，他收到情人的短信：今晚有点事，不方便见面，你回去吧。

虽然明知追问是傻叉的行为，但他还是忍不住发了短信：什么事？

情人回复：来了个远房亲戚，要陪一下。

阳历三月，晚上是冷飕飕的。男主丧气极了，原来自己在情人心目中的地位不及一个远房亲戚，口口声声说的情话，看来是逢场作戏，想想就觉得肉麻。可是转念一想，他自己何尝不是这样呢？和情人间存在多少真感情，还不只是想占人家便宜！往深处一想，人心真是龌龊。

男主很快意识到，当务之急是找个旅馆，总不能在车里躺一夜吧。他驱车来到距离不远的一家快捷酒店，进去一问，房间早已客满。只好重新上路，边开车边寻找旅馆。路上黑咕隆咚的，不时有车从旁边呼啸而过，那感觉相当糟糕，就像一个在夜晚无处可归的人体会到流浪的滋味。男主终于看到了客房的招牌，停好车，开了房间。

房间条件很差，弥漫着怪味，给人脏脏的、破破的感觉，从喷头里出来的水很小，而且不够热，洗完澡冷得浑身发抖。赶紧盖上被子，枕头太高，垫被太薄。更要命的是，房间正对着马路，玻璃窗的隔音效果不好，不时有车开过，噪音不断。躺在床上，头昏脑涨，没办法入睡。男主心里想着：自己费尽心机溜出来，不惜欺骗妻子，丢下哭泣的女儿，却到这破地方遭罪，还得付房钱，真是荒唐。他突然很鄙视自己。

　　第二天上午近十点，男主终于和情人碰头了。他坐在车里，远远看着千呼万唤始出来的情人朝自己走来，情人竟然穿了他最讨厌的灰白色牛仔裤，而且是皱巴巴的。上车后，男主诉说了昨晚的悲惨遭遇，本指望博得情人的心疼和感动，没想到她反应冷淡，只是责怪他没有提前预约。情人说话嗲嗲的，矫情得让男主有点受不了。

　　午饭按照情人的意思，吃的是韩国烤肉，在一家档次颇高的饭店。服务员穿着庞大的韩服对客人说"阿妮哈赛哟"。男主尝了几口饭菜，心里顿时生出对韩国人的无限同情，如果他们天天都吃这么糟糕的东西，人生该是多么可悲啊。情人却吃得津津有味，不断吩咐服务员为她添加酱料，后来男主觉得不好意思，就自觉地充当服务员。趁情人大吃特吃的间隙，男主盯着她多看了一会儿，然后发现她没有第一次见面时好看了。

结账的时候才发现这顿饭不仅难吃，而且贵得要死。

吃完饭，男主提议去公园逛逛，或者去幽静的咖啡吧谈情说爱，或者去宾馆小憩一会儿（你懂的）。情人执意要去逛街。男主拗不过她，被她拽着在大街小巷到处跑，不仅累，而且特别窝心。男主三十多岁了，还和少男少女一起出入商场和小店，在穿了一身花衣裳的塑料模特之间穿梭，在试衣间门口傻傻等待，他觉得特害臊。结婚之后，他就没再陪妻子逛过街，妻子每次提议他都是一口否定，不留丝毫商量的余地。妻子只能和她的小伙伴们去逛街。而他自己只在网上买衣服。

浑浑噩噩地陪情人逛了两个多小时，他彻底感觉到这场约会索然无味。在他的苦苦哀求下，情人终于同意打道回府。于是，他们转身走出服装店，出门右拐，就在男主走下人行道准备横穿马路的那一刻，尖锐的刹车声传来，男主感觉自己被重重撞了一下，身体就飞到了停在路边的电瓶车上。他蒙了一会儿，感觉头晕，但很快意识到自己出车祸了。这时候，他看到情人站在身旁，一副魂飞魄散、不知所措的模样。他的第一反应竟然是对她说：你快走。他担心被妻子发现自己龌龊的秘密。

他被一群陌生人簇拥着送到了医院，诊断的结果是左胸的一根肋骨骨折，全身多处软组织挫伤，伤势无大碍，但是不得不住院休养。警察问明情况后撤离了现场，事主留下电话号码，缴了住院费，说等待下一步处理，也离开了医院。他在病房安顿好之后，才给妻子打电话，说自己被车蹭到了，正躺在医院呢。

妻子急匆匆赶来，一见到男主就失声哭起来，好像生离死别，这让男主感觉特别不自在。妻子随后忙了起来，先是去住院部了解伤情，再是电话通知家人，说明伤情，之后回家收拾住院所需的用品，总之，鞍前马后地忙碌，直到入夜，才趴到男主的床头，责怪地说了一句：怎么这么不当心？

男主鼻子一酸，差点哭出来，心里被羞愧和自责的感情塞满了。

住院是一件很无聊的事情，无事可做，就和妻子聊天，他发现还是和妻子比较聊得来，因为从相知、相爱走到至亲的地步，已经熟悉到好像是另一个自己。有天傍晚，窗外的夕阳很美，男主想起床看一看，妻子为他穿上鞋，扶着他一步步挪到窗边。外面的世界春意盎然，热闹非凡。他看了妻子一眼，妻子正出神地望向窗外，夕阳映照在她脸上，那一刻，男主觉得她很美。

一个月后，男主康复出院，又活蹦乱跳了。女儿开心地扑到他怀里，他感觉回家真好。

故事讲到这里，小周的电话突然响了起来。他从口袋里掏出手机，一脸谄媚地对我说：是老婆大人打来的，我得先接电话。

果然是贱人一个。我说：你快接快接吧。

接完电话，小周喝了几口果汁，开始翻看菜单。我好奇地问：故事结束了吗？

小周补充道：住院期间，男主的情人自始至终都没来看过他。

男主和妻子早已忘记他们吵架的事情，生活回复到一如既往的平静中。男主没再和情人联系，他认为那只是人生的一次意外，和车祸的性质一样。经过了那次意外，男主明白了一些道理，比如什么样的生活才适合他，比如什么才叫爱人，比如你拼命追逐的某些东西也许只是因为自私和贪婪。

我忍不住揭穿道：男主八成是你吧，你说得太逼真了。

小周莞尔一笑，不置可否，真贱！就在这时候，一位长发美女进入了包厢，一袭橘色长裙，上身穿一件干练的小西装，颇有御姐风范。我正恍惚着，小周以迅雷不及掩耳盗铃的速度起身，拖出一张椅子，谄媚地说道：老婆大人，你到啦，请坐。

寂寞的
过山车

　　阿雅长得算不上好看，所以我不怎么喜欢她，但我们还是谈恋爱了。这么说可能有点绕，其实逻辑是这样的：我不怎么爱我的女友。理想主义者一定按捺不住要对我口诛笔伐：既然没有爱，为什么还要在一起？其实，在爱的世界里，与我一样的人不胜枚举。上帝没有时间也没有耐心总是把真心相爱的两个人安排到一起，我们置身的世界充满了粗心大意。

　　不怎么爱，并不意味着我不对阿雅好，也不能说明我们在一起就不快乐。我坚持认为阿雅是相处起来最舒服的女友。她乖得让人心疼。我们一起吃鸭血粉丝的时候，她总是小心翼翼地把鸭肠子挑出来放进我碗里，只是因为我曾随口说过自己喜欢吃动物的肠子。她这么做反倒让我很不好意思。

夏天的末尾，阿雅忽然说要来看我。当时我们已经分手两年多，而且我正在全力以赴泡另外一个妹子。所以，我告诉她：最近比较忙。她说：没事，你忙你的好了。我说：我可能这两天就会出差。她说：你见我一下会死啊。这几乎是她能说出的最强硬的话了，看来她非来不可。于是我说：你到了告诉我，我去接你。我这人接受既成事实的速度还是蛮快的。

去年秋天，我坐火车去阿雅的城市看过她一次。当时我在一家公司做销售，整天东奔西跑地到处忽悠客户。阿雅说，他们公司可能需要采购我兜售的东西，而且需求量还蛮大的。我抱着宁愿白跑十趟也不错过一个机会的心态，屁颠屁颠地去了阿雅的城市。接待我的人是一个西装革履、皮鞋很破、头发很油、眼镜片很厚、普通话很差的胖嘟嘟的男人，年龄大概三十岁，人倒是蛮随和的，东拉西扯地问了一些产品的性能问题，还向我要了资料。临走的时候，他突然对我说：晚上一起吃饭吧，我和阿雅是一起的。我当时感觉其中必有蹊跷，但因为初次见面，不方便多问，就糊里糊涂答应了。

直到吃完饭，一起回到住处的时候，我才后知后觉地发现他就是阿雅的新任男友。他们租住的房子在一楼，两室一厅，一厨一卫。他们住东边那一间，门口是个奢侈的大院子。我总感觉屋子里有股霉味，也许是堆放在客厅的破被子的气味。落日的余晖慢慢收敛了起来，院子里偶尔传来游丝般的虫鸣。夜晚显得柔软起来，又掺杂着一种莫可名状的落寞。我走到院子里，点了一支烟。阿雅男友大概觉得让我一个人在外面有些不妥，就走出来陪我站着。他对我说：另一间房一直没有人住，以前有一对男女学生住了三个月，后来他们分手了，两个人谁都不愿意付房租，只好不了了之。我流露出义愤填膺的态度，配合他说的话。不过我很快发现他词穷了，正在拼命想话题，我反而觉得不好意思，于是掐掉了没抽完的烟，说：我们进屋看会儿电视吧。

阿雅在空房间里铺好了被子，又把窗户和门通通打开，希望凉风能带走盘踞在屋里的霉味。卫生间因为地面的下水道堵塞，已经废弃不用了，只好在厨房间洗澡。因为在一楼，没有窗帘，厨房间里的风景一览无余，所以只好等到天完全黑下来，而且不能开灯。阿雅男友用热得快烧了两瓶热水，让我随便用。他说话的时候，脸上洋溢着过分但又不显刻意的热情。他递给我的牙膏和牙刷是宾馆里用的那种一次性的。我本来打算去宾馆住的，但是阿雅说，附近没有像样的宾馆，而且晚上住在一起，可以说说话。

当时，阿雅在公司做行政助理。我问她：行政助理是干什么的？她不耐烦地回答：就是打打杂。第二天，她调休陪我去逛了玄武湖公园和中山陵。在她的极力推荐下，中午吃了鲶鱼炖粉皮，味道确实很赞。和阿雅在一起，我感觉自在多了。她男友一早就去上班了。我好奇地问阿雅：你怎么向你男友介绍我的？她回答：我就说你是我以前同事啊，挺合得来的那种。她没撒谎，我们以前确实是同事。

阿雅在古城墙上坐了下来，从鸡鸣寺传来的钟声悠远而绵长。在我为数众多的前女友中，阿雅算是挺特别的一位，因为分手后还能做朋友（其他几位则恨不得把我生吞活剥），而且还能一起聊聊关于爱情的话题。那天她问了许多的为什么，有些是明知故问，有些是因为无能为力。关于爱情的问题根本就没有答案，因为爱情是世上最含糊不清的东西，在一万个人的心中就是一万种模样，大家谈论的也许压根就不是一个东西；而且爱情总是不遂人意，太把爱情当回事了，到头来全是无力的叹息，所以我不愿意讨论它。那天，我其实只是有些难过地陪着阿雅在古旧的城垣上坐着，遥看浓重的秋色，仿佛听见了时光衰败的声音。

临走的时候，我不知道哪根筋搭错了，忽然没头没脑地问了阿雅一句：你们在一起快乐吗？我是指她和她的现任男友。阿雅沉默了。我在想自己这么问是不是有什么地方不妥。阿雅过了一会儿回答说：谈不上快不快乐，也许两个人在一起都那样吧。

后来那笔生意终究没谈成，因为阿雅的男友做不了主。他非常不好意思地对我说：让你白跑了一趟。我说：没关系，习惯了。

分别一年后的第一次见面，阿雅给我的印象是比较憔悴。也许是长时间坐车的缘故吧，她看上去情绪低落。晚饭只吃了几个随身带来的小面包，我本想尽地主之谊，请她吃顿大餐，她竟揶揄我说：当初在一起的时候为什么不请我吃，现在反倒假惺惺的。我被她的话弄得兴致全无，连自己都不想吃晚饭了，直到洗完澡，听见肚子咕咕叫，才随便下了点面条，算是给胃一个交代。

晚上，我很自觉地在卧室的空地上铺了一张席子，躺在上面玩手机游戏。阿雅靠在床头看书。挂在墙角的空调呼啦呼啦地喘着粗气，虽然噪音比较大，但制冷效果还是很给力。阿雅喜欢把温度调得很低然后盖着被子睡觉，我更愿意打开窗户享受新鲜空气。我有该死的过敏性鼻炎，一吹冷风必然喷嚏连天，整个夏天我只依靠那个快要散架的落地扇。

不过，阿雅既然来了，我想我还是应该委屈自己，所以自说自话地开了空调。

快九点的时候，阿雅说她困了。我起身关了灯。阿雅问我：你确定睡地上？我"嗯"了一声。空调这时候突然暂停制冷，房间里安静得像真空，我隔着蚊帐隐约看到阿雅解下了胸罩，小心翼翼地躺了下来，床发出细碎的吱呀声。过了一会儿，她问我：不会有蚊子吧？我说：我点了无烟蚊香。

第二天醒来的时候，我发现电风扇正把外面的风送进屋子，空调早就关了。阿雅用剩饭熬了粥，还煮了两个鸡蛋。我告诉她：我平时都去外面买着吃的。她给我做早饭让我觉得不自在。临出门的时候，我问她：你今天打算干吗？她想了想，说：到时候再看吧，也许出去逛逛。我把钥匙掏给了她，说：要是把自己弄丢了，记得打电话给我。然后我就去上班了。

晚上再次见面的时候，她兴致勃勃地告诉我：今天去逛了平江路，中午去观前街吃了一碗香菇炖鸡面，还在小吃店买了烤鱿鱼。看她笑容满面的样子，我想她过了有意义的一天。在我的执意坚持下，她同意晚饭去吃比萨。进店的时候，她竟然犹豫起来。我说：你不用感到过意不去，大不了哪天我到了你的地盘，你再回请我。她这才释然，笑嘻嘻地点点头，拉着我进去了。不知道为什么，我感觉到有点难过。我最近为了泡妞花掉不少银子，吃个比萨在我看来只是小菜一碟，但是阿雅这么容易满足，看到她喜笑颜开的模样，我很有负罪感。

比萨吃到一半的时候，阿雅突然说：我可能要结婚了。我扑哧一笑，说：结婚就是结婚，怎么说可能要结婚啊？阿雅低下头，说：我还没有想好。过了一会儿，她又补充道：不过这种可能性比较大的。

我问她：对象还是以前那位吧？她点点头。

我们谈恋爱那年，阿雅二十三岁，正是如花的年纪，现在一晃都二十八了，我也成了"奔三"的老男人。在阿雅的老家，女人二十八岁而未嫁是一件不可思议的事情。阿雅之所以急着要把自己嫁出去，跟她父母的催逼有很大关系。阿雅曾告诉过我，每年回家过年，父母几乎一直都在和她聊婚嫁的事情，托了各种关系帮她介绍对象，和阿雅相过亲的人不少；因为相亲都没有成功，父母就责怪阿雅太挑剔。

我总感觉阿雅在婚姻这件关乎下半辈子幸福的大事上有点草率和将就，但又不知道说什么好。也许是觉得这个话题比较沉闷吧，阿雅突然抬头对我说：明天我们去苏州乐园坐过山车吧。

我下意识地给了她一个不屑的眼神。以前谈恋爱的时候，每年夏天我们都会去苏州乐园，而且每次她都信誓旦旦地表示一定会坐过山车，但是只要一排队她就掉链子，无论我怎么怂恿，最终的结果都是阿雅默默退到队伍之外，我一个人独自享受在空中被甩来甩去的那一份刺激。每次我从过山车上下来，阿雅都无限好奇地问我感觉如何。这太容易让我产生挫败感了，因为根本没办法用语言来表达微妙的感受。我气呼呼地说：你自己为什么不尝试？她怯生生地回答：我怕。

　　阿雅确实很胆小。我们一起看《动物世界》的时候，只要屏幕里出现蛇的画面，她必定被吓得大叫，抱头钻进我怀里。她被蛇吓到，我也被她的叫声吓了一跳。真不知道电视里面的蛇有什么好怕的，又不会像《午夜凶铃》中的贞子一样从电视里爬出来。除了蛇，阿雅还害怕蛤蟆、蜥蜴、蟑螂等一切看上去不太友善的动物。有次，我在书摊上淘了一本动物画报之类的书，阿雅竟然喜欢看，她说：书里好多动物虽然见过但是不知道名字，看了之后果然很长见识。但是她把蛤蟆和蜥蜴的图片用白纸条贴了起来。

　　所以，当她说出要坐过山车的时候，我的第一反应是：不可能。

但我们第二天还是去了苏州乐园。排队之前，我说：你确定要上去吗？阿雅双手捏着胸前的背带，怯怯地、肯定地点了点头。

因为之前已经坐过几次，所以这次我没坐，而是站在下面等着阿雅。隔着铁栏杆，我看见小小的阿雅被人推上了座椅，牢牢固定在上面，巨大的过山车随即启动，在我的头顶呼啸而过，划出寂寞的圆圈。我听到捆绑在上面的人拼命喊出声音，在芜杂的呼喊声中，肯定夹杂着阿雅的，但是我分辨不出来，她竭力喊出的声音也是尖细的。

阿雅从过山车上下来之后，我快速问了她几个问题，确定她的神志还正常，没有被吓傻。我伸手扶住她，感受到她的身体在剧烈颤抖。不过，我们稍微逛了一会儿，她就能够泰然自若地吃甜筒了。

下午吃过饭，我们在公园散了一会儿步，阿雅就坐高铁回去了。

几天之后，她给我留言，让我有空去看看她的博客。我进去之后，看到了最新的一篇日志：

那天，我突然很不开心，所以想去看看你。

这一次，我真的要结婚了，证都领了。他对我很好，比你对我好多了，我必须结婚了，祝福我吧。

那天我一个人走在平江路上，吃了我们一起吃过的小吃，走了那些熟悉的巷子，想起我们曾经彼此拥有的时光，还是忍不住很难过。我知道你其实不是狼心狗肺的人，你比我勇敢很多，轻易就敢坐过山车，敢去找那个你真正喜欢的人。但是对我来说，那个人已经错过了。

没有能够嫁给你，现在想想，竟然也不觉得遗憾。也许，对女人来说，找到对自己好的人更重要一点。

谢谢你陪我去坐过山车，我终于体会了你说过的那种感觉。其实还是很害怕，人在半空中的时候，感觉自己会死，后来心一横，死了就死了吧，没什么大不了的，后来竟然就不那么害怕了。

以前，决定是否要做一件事的时候，总是想这想那，你总说我磨叽，现在的我正在变得不瞻前顾后，许多事情没想清楚也许就做了，这是不是你一直强调的勇气呢？其实我是这么想的：反正人生不会完美，所以没必要求全责备。我能有这样的感悟，你是不是觉得我比以前成熟了一点？

我现在努力攒钱，希望有一天能买房子，这是我现在最大的梦想。在这个偌大的城市，恐怕只有买到一间房子才能让我觉得有安全感。而且，因为有了这个目标，我觉得每天都有了意义，虽然忙，但是有充实的感觉，并且因此觉得快乐。

　　我感觉心里还有些话要跟你说，但又不知道该说什么了。你别再抽烟了，对身体不好。也希望你早点找到另一半。也许，到了那一天，我们就可以彻底做路人了。

　　看完了阿雅的日志，我想和她说点儿什么，就点开她的QQ，看到的签名是：怀揣着自己的小梦想，在前行的路上踽踽独行。我愣了半天，终究没想好该说什么，心里塞满了空落落的感觉。

没有爱的人
都没有心脏

一

　　放下电话，小艾蹲在电梯口痛哭起来。他的姿势像一条卑微的狗。

　　接下来，他一周没去公司。这城市真虚空。两个人走过的路，一点痕迹都没留下。他用了三天时间走完他和前女友曾携手走过的地方。晚上回到家，瘫倒在床，感觉自己好像飘浮在云端。回忆这玩意儿，越是拼命想，越是模糊，遗忘的速度快于存储的速度。

　　从第四天开始，他窝在家里看情色片。按照电脑里的默认排序，一分一秒从头看到尾。以前，每当他欣赏这些片子的时候，前女友都会愤怒地揪他的耳朵，可是，她又挡不住好奇心，既羞愧又兴奋地躲在电脑前不走。

看完硬盘里的所有片子，时间走到了周六，方便面和花生米也通过消化系统转化成了能量。小艾活得还算有力量，但是感觉不太好，自己好像成了一块风干的咸鱼，使劲揉一下，可能就碎了。于是起床冲了一个澡。步出房门，阳光和风一下子向他涌过来，他激动得差点哭了出来，这感觉实在匪夷所思。

小艾今年三十岁，这是一个让他接受起来越发困难的数字。三十岁的男人应该是一副什么德性？也许该有份稳定的工作，收入起码要过得去；感情应该尘埃落定，不会再轻浮到随便喜欢一个人的程度。可是这些离小艾都很远。

他干的是销售行当。这是一个收入差异大到让人咋舌的职业，大咖们赚的钱是个谜，而小喽啰悲摧得没天理。不幸的是，小艾属于后者。

三十岁这一年，他悄悄地想：是不是应该换一个行当，或者去做点生意什么的？

算命的说，他会在三十岁红杏出墙。红杏出墙，这是那个自说自话要给他算命的邋遢老头说的原话。他笑了笑，心里却在想，"红杏出墙"这个词是不是专指女性外遇？他懒得深究下去。不过，红杏出墙这件事，他倒是蛮期待的。

与以往的时日并无二致，三十岁悄然而来。他已经习惯了现有的一切，不讨厌也不喜欢的工作，饿不死也不可能致富的收入，固定的路线和生活圈子。他是一个懒惰的人，不情愿变化，一切照旧是偷懒却舒服的生活。他以为三十岁也会风平浪静地过去。他错了。

二

第八天，小艾开启了"约炮模式"。约炮和销售一样，是个小概率事件——要想成功，基数就得足够大。或者这么说吧，要想钓到妹子，网就得撒得足够大。约炮成功与否，与长相帅不帅，看上去像不像土豪，战斗力强不强大，其实没多大关系。关键是约的人够不够多，仅此而已。干过销售的小艾对这个道理的理解不是一般的深刻。

得手的第一位是庄少妇。见面地点在小艾的公司楼下，庄少妇开一辆乳白色小车，小艾上了车，听到的第一句话是：你果然好帅。他瞥了一眼就知道庄少妇不是自己的菜，但这不妨碍他睡她一晚。庆幸的是，庄少妇还有一对晃荡的奶子。

简单的寒暄，简单的饭局，简单地铺垫。之后，两人默契地步入快捷旅店，直奔马赛克时光。庄少妇的豪放天性暴露无遗，自始至终掌握主动权，居高临下，在小艾全身留下了口水、汗水和油水——庄少妇不仅皮下脂肪发达，而且油脂分泌旺盛，身上油乎乎的，泛着亮光。完事后，小艾扎进卫生间，水龙头开得呼呼响。劣质的沐浴液涂在身上，不起泡沫，却像精液一样黏在皮肤上。

从卫生间出来，庄少妇靠在床头打电话。电话那头隐约传来小孩子嗲声嗲气的声音。庄少妇答应给儿子买饮料和炸鸡腿，条件是他必须听爸爸的话，早点脱衣服睡觉。小艾悄悄钻进被窝，手掌肆无忌惮地在少妇的大腿间游走。

庄少妇打完电话，在小艾的建议下，她也冲了澡，随后他们梅开二度。小艾哼哧哼哧地折腾，巅峰时刻却迟迟不来。少妇的粗重手臂缠在他的脖子上，勒得他喘不过气，豪放的声音也让他受不了。他心里突然涌起了一丝嫌弃。他闭上眼睛，干脆把压在身下的肉体想象成情色片里的女神，猛然发力，终于结束了战斗。

少妇应该蛮喜欢小艾，她约小艾的次数日渐增多，不惜请假，不计日夜。小艾不喜欢白天，不仅因为耽误工作，更因为没气氛——情欲要在朦胧的环境中才会弥散出来，可白天日光充沛，一览无余，没了掩护，身体的瑕疵毕现，毫无美感可言。

小艾不喜欢少妇的口水味和过于丰富的皮下脂肪，更不愿意听到每次在滚床单之后她打电话哄儿子的话。于是轻描淡写地说了句"还是不要见了"，把她拉进黑名单，不联系了。

三

说起来，小艾也是文青。工作之余，偶尔提笔写点小文章，发在一个无人问津的地方。他对文字有洁癖，尤其讨厌自己的文字和广告掺和在一起。他选择在冷僻的地方发表，就是因为那里没有广告。另一个原因是，他不希望读到这些文字的人与他有任何瓜葛，熟人总喜欢对号入座，琢磨文字之外的东西，这是他最讨厌的。

一个人，觉得寂寞的时候，他就胡乱吐槽，然后贴到网上。日积月累竟有了不少读者，阅读量和留言逐渐多了起来。

他不经意间看到一个留言者的头像，觉得熟悉，于是顺藤摸瓜，找到对方的空间，翻看几张照片，恍然记起是初中同学，竟然顺利地记起了她的名字：吴子晴。于是，他也给她留了言，要她的QQ号码。

聊天的内容从回忆开始，平淡而沉闷的读书经历乏善可陈，可是回忆起来，竟然有滋有味。吴子晴还发了初中集体照给他看。他半开玩笑地告诉吴子晴，自己曾暗恋过她，而且为她写过好几页情诗。

他说这些话的时候，自己都觉得好假。时间过去那么久，回忆遥远得像在梦里。现实中的吴子晴在另一座城市工作和生活，刚过结婚两周年纪念日，她准备今年完成生小孩的任务。

很快他们就无所不聊，十分自然地开过火的玩笑，讨论各种私密话题。话题总是无穷无尽，时间过得太快了。

他们终于决定见面。吴子晴说：出差路过你的城市，来看看你吧。

小艾说：好啊，我好吃好喝招待你，外加贴身三陪服务。

吴子晴说：那我可真来了啊，要不要带个礼物以表心意？

小艾说：礼物就算了吧，你可以借我一只手，我想重温一下初恋的感觉。

吴子晴不假思索地回复：好啊。

一点也没有刻意，一切都理所当然地滑向了红杏出墙的结果。没有冗长的铺垫，飞快地进入到滚床单的步骤。这一切听上去就像一个男人的春梦。

时间是烟花三月，他们住的宾馆傍山而建，站在阳台上，目力所及的地方都是新绿，空气里弥漫着雨后新晴的泥土气息。

吃过晚饭，他们步出宾馆后门，一路往上，来到山顶的空地上。吴子晴像恋人一样挽着他的手臂，问他，现在有初恋的感觉吗？

小艾说：已经是热恋了。

暖阳收敛了光辉，他们回到宾馆，又情不能自已地纠缠到一起。吴子晴说：我们什么都可以做，就是不能做爱。

他问：为什么？

她说：做了爱，性质就变了。

他答应了她的要求，不越过男女之情的底线。

四

一晃又是一年。回家过春节，父母的催婚比往年来得更猛烈，简直是威胁，就差刀架脖子了。小艾在父母的胁迫下走上相亲的不归路，靠谱儿的和不靠谱儿的，谈得来的和谈不来的，见面就想上的和见面就想跑的，挨个见了面、聊了天。最后筛选下来，觉得一个叫月琴的姑娘还可以深入了解下去。

月琴是初中历史老师，比小艾小五岁，这差距不算大也不算小。月琴的皮肤挺干净，不白不黑；身材不胖也不瘦；一米六出头的个子，不高也不矮；第一次见面，话不多也不少；小艾对她谈不上心动，但也不讨厌。于是不咸不淡地继续交往下去，偶尔见面，吃饭聊天看电影。月琴不愧是教历史的，思想保守，捏一捏胸部都推三阻四。小艾用了天大的耐心走完从牵手到上床的过程。月琴的第一次在慌乱和疼痛中过去了，事后，她枕在小艾的胸脯上，流下了眼泪。小艾意识到自己不够温柔，心生羞愧，随之而来的是挥之不去的恐惧感。到底恐惧什么？他不知道。

中秋节那天，月琴郑重提出要见双方父母，并且罗列了需要准备的礼盒。小艾没想到，他们竟不知不觉间走到了谈婚论嫁的地步。他没考虑过结婚这件遥远的事情，更何况是"跟谁结婚"这么具体的事情。

小艾依然与吴子晴保持每月一至两次的约会频率。有时候在小艾的城市，有时候在吴子晴的地盘，有时候在别的城市。他们像情侣一样谈情说爱，在城市的腹地游荡。风吹起吴子晴的长发，她美得让人心疼。

有一天，吴子晴对小艾说：我怀孕了。

小艾抚摩着吴子晴平坦的小腹，说：不会是我的吧？

吴子晴摇头，说：我们以后还是不要见面了。

这时候电话响了，是月琴打来的。与以往一样，小艾挂断了电话，发了"在开会"三个字的短信给她，然后果断关机。

吴子晴说：你应该对她好点。

小艾点点头，说：是的。

五

从S城到J城，需要坐一小时的大巴；再坐一小时的公交车，从J城到M小镇。小艾下午三点出发，到达月琴住的教职工宿舍时已经天黑了。破旧而简陋的宿舍被月琴布置得很温馨，像一个家，与小艾的狗窝有天壤之别。月琴准备了一锅热腾腾的羊肉，还有金针菇、山芋和菠菜，都是小艾喜欢吃的菜。面对徐徐升腾的热气，小艾心里充盈着暖意，但很快又被愧疚的情绪取代——自己何德何能，值得眼前的姑娘如此用心招待？

吃完饭，月琴要小艾陪自己去城里买护肤品。公交车已经没了，只好坐"蹦蹦车"（一种噪音很大的柴油三轮车），来回得在路上颠簸一个多小时，屋外夜黑风高。

小艾说：还是别去了吧。

月琴说：我想去，你不在的时候我一个人不敢去。

小艾说：护肤品用不用其实都无所谓的。

月琴说：瞎讲，不用的话会老得快。

小艾捏了捏月琴的脸，说：瞧瞧，这姑娘多水灵，哪里老了？

月琴给了小艾一拳，说：就知道哄人，你到底猴年马月娶我啊？难道我要等到满脸全是褶子的时候吗？

小艾不说话了。月琴也没有再坚持。洗漱完毕，两人坐到床上看电视剧。该死的编剧简直是在挑战观众的忍受底线，男主角说的肉麻情话蠢到了家，而女主角除了好看其他的都不值一看。一集没看完，小艾就开始脱月琴的衣服。

嘿咻之后，两人都像陷入沉思的抒情诗人一样，躺着，并且不说话。月琴一直在摸小艾下巴上的胡楂。她突然说：我一点都不懂你，不知道你是怎么想的。

小艾伸手摸了摸另一位抒情诗人的头发，说：你瞎想什么呀。

月琴悄声说：我觉得你根本就不爱我，如果你不能给我承诺，就请离开我，我不想受伤害。

抒情诗人只好假装睡觉了，他不知道怎么回答。他从来没有像此刻这么嫌弃自己。

他回到自己的城市，回到人声鼎沸的格子间。与无数个昨天和前天一样，浑浑噩噩晃晃荡荡忙忙碌碌地度过了今天。临近下班的时候，他发了"对不起"三个字的短信给月琴。之后，他关掉手机，随人流挤进电梯，从二十一楼垂直而下。他喜欢那种微微失重的感觉，好像灵魂出窍。

出了电梯，他看见一个人蹲在地上，旁若无人自顾自地痛哭，看上去像一条狗。走进一看，发现这个人和自己一模一样。

他问：你是谁？

那个人摇头，说：不知道。

他又问：你干吗在这里哭？

那个人缓缓直起身，解开上衣扣子，露出胸膛，赫然可见一个拳头大的窟窿，里面是模糊的血肉，原来他没有心了。

一个并不
满腹忧伤的人

　　我一直到初中毕业都不是名副其实的城里人。爸妈揣着暂住证，在和平年代过动荡的生活，四处迁徙，居无定所。中考那年，他们终于在高楼林立的世界里拥有了一席之地，而我也来到了户籍所在地的学校，终于不用再缴纳额外的助学金了。还没机会认识新同学，我就风风火火参加中考了。因为是转学生，所以学号排得很靠后，具体一点，是倒数第二。倒数第一的那个人，情况和我一模一样。我记得自己当时的学号是042，那么，倒数第一就是043了。

　　043是一个沉默的男生。我们一起排队体检，参加英语口语和体能测试，最后一起进出考场，他自始至终没跟我说过一句话。有那么几次，我忍不住想请教他的名字，但看到他一脸冷酷的表情，还是打住了。我确定他不是哑巴，每次报名的时候，他都清晰地答：到。他只是特别沉默，而且，他排队的时候从不东张西望，好像和这个世界中间隔了一层玻璃。没有一个人搭理他，他也不显得局促——这一点我就做不到。在一个人声鼎沸的地方，大家互相说笑，而这时候如果我找不到说话的对象，就会感觉自己是一个不受欢迎的人。我不安地搓手，眼睛不停转溜，打量着别人的表情；心里特希望有人前来搭讪。043绝对没有这种表现，他对周遭不屑一顾。他偶尔吹一下垂在额前的头发，显出了一丝不耐烦的情绪。除此之外，他一直安静地排队。

　　我特别欣赏043这种气质——冷酷而自我。我也希望自己成为一个冷酷而自我的人，但是一直没有朝这个方向努力。在我看来，一个冷酷而自我的人，首先必须是一个叛逆的人。虽然我确实是一个叛逆的人，但是在老师和家长面前，我成功地扮演了一个好孩子的角色——学习刻苦，不早恋，课余生活单调，作风正派，成绩也不赖。我在初中毕业照上留的影像是个一脸稚嫩、嘴角挂着羞涩的孩子，可那时候我已经深谙男女之间的秘密，并且偷藏过表姐的内裤。

　　043长得挺帅。长脸，尖下巴，双眼皮，头发遮到了眉梢，三七开也很分明，衣服看上去也足够贵。总之，帅哥的元素他基本上都具备了。我发现他确实备受瞩目，好几个女生偷偷瞄他，其中有两个还放肆地指了指他，窃窃私语一番。043对此全然不知，他没注意过任何人。我想，即使他知道了，也根本不在乎。这是我羡慕他的另一个原因。

我就特别在意女生对我的看法。我希望自己的单车后面也载着一个扎马尾辫的女同学，在油菜花开满大地的春光里，像风一样在光阴里飞驰。可是，那是多么遥远的梦想啊。我连和女生说话的勇气都没有。唯一能够展示自己的机会就是发试卷的时候，老师喊我的名字并且报出了高分，全班同学似乎都发出了惊叹声，老师同样投来赞许的目光。可是，保持高分就像江湖侠客们保持天下第一的排名一样，是一件不可能的事情。所以，每当老师喊我的名字然后报出一个不够理想的分数，我仿佛听到了女生们失望的叹息声。直到我彻底长成了大人，在人渣的路途上越走越心安理得之后，我才明白泡妞的秘诀是胆子大、不要脸，与成绩的好坏没有半毛钱关系。

我考上了学区里最牛的学校，从此成了一个不再优秀的学生。一个高手走进一群高手聚集的地方，终于明白了相对论的真谛。我把大部分时间用在英语这个该死的科目上，可悲的是，无论怎么努力，也只是把水平拉到平均值上。

高二文理分科之后，我再次见到了043。我们俩都表示格外惊讶，他特意冲我笑了笑，看样子还记得我。在此之前，我一直不知道他也在这个学校读书。他的成绩烂到无以复加，但他有个很厉害的老爸，这些丝毫不妨碍我们成为好朋友。043有个很文艺的名字，不过我们都叫他"狗"，连班上的女生都这么叫他，而我的绰号是"驴"。

狗和以前一样，外表冷漠，少言寡语，但我很快发现他是一个单纯的傻叉，只对漫画书和篮球感兴趣。他能弄到正版的日文漫画书，印制精美，看上去确实比国内的任何书籍都高出好几个档次，这再次表明他的老爸果然很厉害。他看完后，问我是否喜欢。我摇头说：我对漫画不感兴趣，我喜欢漂亮姑娘。没过几天，他就送我一沓美少女明信片，当然是日文版的，画面唯美。我着实感动了一番，不知道回赠什么礼物。狗说：我们是哥们儿。

我一度希望成为狗那样的忧郁少年，寡言少语，生无所恋。但是在与狗做了朋友之后，我以不可挽回的速度朝另一个方向扬帆远航而去。我变得口无遮拦，满嘴跑粗话，放肆地对着穿裙子路过走廊的女生大呼小叫。我不知道自己为什么会变成这样的人，也许只是觉得这样很爽。

那时候我开始暗恋班上的一个女生，她的绰号是蓝猫（总之，都和动物脱不了关系）。喜欢一个人是件莫名其妙的事情，你休想说出个所以然来。我不清楚蓝猫同学身上的哪一点勾走了我的三魂五魄。只是低下头那么短暂的瞬间，思念就随之而来。这种一厢情愿的精神恋爱给我带来了无限苦恼。蓝猫对此全然不知。她就坐在我的右前方，我抬眼就能看见她的美丽侧脸和又长又整齐的睫毛。

直到有一天，蓝猫递来一封情书，让我转交给狗。我无限痛苦地执行了这个光荣的任务。狗就像对待漫画和篮球之外的任何东西一样，对于蓝猫的情书，他既没有热情回应，也没有断然拒绝。他的态度模棱两可。

我问他：你到底是什么意思？

他郑重表示：现在还不是谈恋爱的时候。

故事就是这样，我喜欢的人喜欢我的好朋友。

高三第二次分班，我与狗不再同班，班上的座位也发生了天翻地覆的变化，而蓝猫竟然奇迹般地仍旧坐在我的右前方。狗经常到我们班串门，找我的次数多过找蓝猫。不过，我还是自觉地退到了九霄云外，不过问狗和蓝猫之间的事情。我可不想自寻苦恼。

毕业前夕，考大学无望的狗选择了更牛的出路——出国。蓝猫悲痛欲绝，但是没人能安慰她。然后，高考就呼啦啦地来了，三天的昏天黑地之后，尘埃落定。所有的人都松了一口气，离开考场，我径直回家享受惬意时光了。不需要背诵该死的英语单词的日子真好，要多好有多好。每天睡到自然醒，打开电视看广告也心安理得，我尽可能地把日子过得糜烂一点。直到有一天，我接到了蓝猫的电话，她说：出来玩啊，在家待着闷死了。

　　见面的地点在这个城市最繁华的一条街上。蓝猫穿了一条淡粉色连衣裙，配一双黑色小皮鞋，出落得像个仙女。我想，如果假以时日，我大概能把蓝猫淡忘了，但是见面之后，我确定自己做不到。那一天我们过得看似平淡，只是沿着人头攒动的大街走了一个来回，玩了几局投篮游戏，然后我请蓝猫吃了著名的油炸垃圾食品。她边吃甜筒边听我扯淡。之后我们就坐地铁各回各家。有两点值得提一提，其一是我们约定了下次一起看电影，其二是蓝猫告诉我，狗安静，而我机智。

　　第二次见面，蓝猫显得自然多了，她的疯丫头本性暴露无遗，除了看电影，我们还像老鼠一样无孔不入，疯狂光顾各种小吃店和衣服店，我迅速沦为一个拎包的跟班。蓝猫很开心，她从仙女变成了女战士——笑得肆无忌惮，娴熟地讨价还价，彻底显出吃货本色。我更喜欢作为女战士的蓝猫，并且心甘情愿成为她的跟班。蓝猫终于逛累了，她提议去不远处的公园小憩，以便恢复到满血状态。我唯命是从，说好啊好啊好啊。她高兴地拽着我的胳膊。我以迅雷不及掩耳盗铃之势把所有东西并到一只手上，腾出另一只空手神不知鬼不觉地握紧了她的小手。一切都那么顺理成章、水到渠成。

都说被爱情裹挟的人是傻子。在与蓝猫坠入爱河之后，我用行为再次验证了这句话的准确无误。那天，我捏着小女友的手，漫不经心地穿过一条林荫道，夏天的太阳摇落了细碎而明亮的光影。我莫名其妙地问了蓝猫一个问题：你究竟喜欢狗身上的哪一点？

蓝猫还没回答，我就意识到这个问题不仅大煞风景，而且傻叉到家。然而覆水难收。

蓝猫想了想，说：狗看上去那么忧伤，让人忍不住想抱他。

她的回答真诚到毫无遮拦，我吃醋了。赶紧打住，换下一个话题。

高考分数公布之后，我和蓝猫的恋情已经比夏天的太阳更炽烈。分数还不赖，进入心仪的大学应该不是一个难题，学业和爱情双丰收，我预感到自己的人生即将步入辉煌。但我忘了还有一句该死的话，叫"这世界上唯一不变的就是变化"。当我满心欢喜憧憬未来的时候，蓝猫告诉我，她决定出国。TMD，又是出国。世间有情人终将毁于出国！

我问她：是为了狗吗？

她回答：不知道。

我说：既然还想着他，为什么又要招惹我？

她说：对不起。

这个狠心的人，她不知道这是世上最绝情、最伤人的三个字。她毅然决然地漂洋过海，留下我在陆地上咀嚼爱恨情仇绵绵无绝期。

时光一转，狗和蓝猫已成如烟往事，而我再也不会被人唤作驴了。

我一直没能成为如狗一般沉静而忧伤的人，在数次伤害和被伤害的过程中炼就了金枪不倒之身，变成了一个三言两语不能说清楚的人，如果非要概括，无非就是有一点点虚妄，对很多东西不那么确定，而已。

青春是长长的风

总有一天，
你会感谢自己所经历的一切。

在春光灿烂的日子里做什么

一

在二十五岁前，我有两个梦想：一是成为一名富有正义感的记者，二是拥有一次真正的艳遇。后者被我整天挂在嘴边，却羞于向任何人说起前者。阿汤的梦想更纯粹，他只想拥有艳遇。我们俩因为志同道合而成了形影不离的好朋友，住同一间宿舍，闻相同的臭袜子的味道。当然，梦想是用来被搁置的。在所有阳光肆意的日子里，我们首先会把时间用在打篮球上。我的球技还过得去，但关于阿汤的球技我就不好意思说什么了，反正除了疯跑之外就不会再有别的作为了。所以，阿汤每次都要绑上根本不会打球的小张和浩子。有他们在，阿汤起码不会垫底，也不至于被蹂躏得太惨。

当我们在球场上丢人现眼的时候，大龙通常窝在宿舍看动画片——那情景无异于一只花猫无限出神地盯着滚筒洗衣机。我们无限同情地看着看动画片的大龙，认为这孩子已经无药可救。秆子则躺在床上呼呼大睡。他昼伏夜出，迷恋于网游。

浩子在大二即将结束时说，他要用剩下的两年时间，让自己写的小说发表到每一本看上去很牛逼的刊物上。他是当着宿舍里所有人的面说的，但没有人把他的话当一回事。每年放寒假前，浩子都信誓旦旦地说要给我们带家乡特产的腊肠。据说很好吃，可是我们从来没吃到过。

当时，我们还住在大学城，这是个美女和丑男一样多的地方，鱼龙混杂，包罗万象。你可以在五星级宾馆的露台上优哉地品尝一杯猫屎咖啡，也可以在灯光暧昧不明的小店里快捷地买到避孕套。

二

我们的第一桶金是在小张的提议下赚到的。

事情的起因是这样的：我们在篮球场上耗干了身体里的水分，渴得嗓子冒烟，却没人愿意买几瓶水，因为从篮球场走到小店，买好水，再从小店走回篮球场，大概需要十分钟。这个路程对于一个口渴难耐的人来说实在太漫长了。

　　小张抬头望了望天，突然说：咱为什么不去弄几箱水到篮球场来卖啊？于是，宿舍六个人，凑了一百多块钱，然后拨通了矿泉水瓶子上的电话，以批发价拿了十箱水。销路果然很好，没几天就再次进货。直到暑假来临，我们的生意才告一段落。

　　为了赚更多的钱，小张先后做起了打印、复印的生意，还承接了送外卖的活儿。后来他干脆自己进货，宿舍里堆满了方便面、火腿肠、卤蛋、花生米之类的食物，还有袜子、手套，勉强称得上杂货店了。他的生意越做越大，尤其到了冬天，方便面供不应求。小张卖的面是煮好的，热气腾腾，还可以根据需要放进鸡蛋或者火腿肠，价钱公道。他一个人根本来不及送货，我们成了他的快递员。临近考试，前来打印和复印资料的人更是络绎不绝。后来小张名声在外，连老师复印资料也直接找他，还一本正经地对他说：同学，价钱能优惠点吗？我印得多。

　　毕业前夕，小张已经是万元户了，他连丢带送处理完最后一批货，长舒了一口气，说：太累了。他发誓再也不做小本买卖了。夏天的风很大。他走到阳台上收了袜子和短裤，肆意的阳光倾泻到他身上，他胡子拉碴，头发油腻，看上去并不像有钱人。

三

浩子嚷嚷着要写小说。那时候校园里刮起了读网络小说的热潮，而关于"80后"文学的话题已经过时，更为生猛的"90后"已经按捺不住要发出他们的声音了。有钱的小张早就买了电脑，接通了网线。在赚钱的间隙，他喜欢在网上阅读那些漫无边际的小说。没有钱的我们只好把小说下载到MP3里，以便在上课和睡觉前消磨时间。

小张曾对浩子说：你赶紧写本小说，放到网上，说不定能赚几个酒钱。小张是非常认真的，说话的语气不像是开玩笑。他还说：我第一个支持你，花钱买了读。在一旁看动画片的大龙却认为浩子只能写出情色小说。阿汤提出了反对意见，他认为写情色小说起码得有实战经验，而这正是浩子欠缺的。他们俩为此争论不休。浩子却不置一词，当然，他也没有动手写出一个字来。

第一次见到浩子公开发表的文字是在校报上，豆腐块大小的版面，不足两千字，而且只是一篇评论。话题是几天前由我系主办的一个新书推荐会。浩子对某新锐作家和她的新书发表了自己的看法，不犀利，也不刻薄，总之，他的态度含糊，没什么高见，这让我们失望极了。在推荐会上，他挤破了脑袋才钻进人堆里，求得签名书一本，目睹了新锐作家的真容。回到宿舍后，他咬牙切齿地说：美女作家长得和照片完全不一样嘛！

　　浩子的第一篇小说终于在千呼万唤之下新鲜出炉。他逼着让所有人看一遍，其他人要么没看完，要么专注于猜测女主角是班里的哪位女生。拿给我的时候，浩子郑重地说：全宿舍就你文学素养最高了，你可得给点靠谱儿的评价。我一下子感到了压力山大。说实在话，这恐怕是我读到的最幼稚、最矫情的小说了。通篇只讲了一个纯情闷骚男对女主角如何一往情深而女主角自始至终浑然不知的故事。繁冗的铺排，无趣的情节，毫无质感的语言，没有一处亮点。浩子眼巴巴地看着我，脸上荡漾着真心求指点的表情，叫我如何伤他的心。我只好说：浩子，你写的小说有散文的意蕴，有诗的格调，有报告文学的真实，加油，你迟早会成为最传奇的励志哥！浩子一头雾水地追问：啥意思？

浩子很快又声称自己要当编剧。他所在的文学社的老大接了一个写动画剧本的活儿，人手不够，就分摊了一部分给浩子。浩子憋在图书馆一个多礼拜，竟然顺利交差，还拿到了一笔不菲的酬劳，这让所有人颇感意外。在我们不辞辛劳地撺掇下，浩子最终请我们吃红油火锅。在好吃好喝的刺激之下，所有人都坚决支持浩子写剧本，从此当一名很牛的编剧。辣得额头直冒汗的浩子频频点头，表示必定不负众望。当编剧的日子仿佛指日可待。

　　只是，自此之后，浩子再也没有碰上写剧本的机会了，哪怕是小儿科的动画剧本。当编剧这件事也就没有下文了。倒是在大三，春回大地的时候，一部歌颂师恩伟大的电影在学校取景拍摄，我们宿舍所有人都不能免俗地跑去一睹女主演的风采。浩子竟鬼使神差般地被导演看中，当了一回群众演员，而且果然有三十块钱和一盒盒饭作为酬劳。浩子说，那是他离编剧最近的一次，因为他就站在导演旁边。

四

　　阿汤为了他的艳遇梦想而孜孜不倦地努力着。

　　那时候，中国的通信科技还没有全面进入3G时代，各种"把妹神器"也未涌现。唯一可借助的手段好像也就是QQ了。当我们出入网吧，为网游而疯狂的时候，阿汤却哼哧哼哧地聊着天。他的聊天窗口估计不下十个，敲打键盘的十指无比灵活。每次去网吧前，阿汤都要花很长时间收拾自己的脸和发型，为此我们很是不耐烦，而他这么做，只是为了在视频时看上去帅一点。

周五晚上，我们兴高采烈地再次出门，直奔网吧的怀抱而去。路过女生宿舍楼的时候，阿汤指着停在路边的一长溜汽车，说：瞧瞧，大家瞧瞧，这些可都是来咱们学校泡妞的主，肥水全都流了外人田了。我第一次注意到这些外来车辆，仔细嚼了嚼阿汤说的话，觉得不无道理。小张说：别羡慕，等你有钱了，也可以这样。大龙说：你们能不能别这么俗啊。小张说：咱们都待在俗窝里，你以为你不俗吗？他们为此又争论不休。而我则陷入了莫名其妙的情绪里，也许是不屑，也许是羡慕嫉妒恨。我觉得自己俗透了。

阿汤终于得手了。据他所说，女的很漂亮，眉清目秀，身材劲爆——两者听上去很矛盾，所以没人相信他。反正吹牛对他来说已经是稀松平常的事情了。不过，我们还是乐意听他吹牛，尤其是在卧谈会时刻。阿汤说，第一次见面，他们是先亲嘴再牵手，进了房间之后，是先脱衣服再上床。总之，他们的故事出其不意，而且进展神速。这才是劲道十足的艳遇。直到有一天，阿汤牵着他的女神的手，出现在我们的视线之内。虽然有点恍惚，但我们很快意识到这小子真的成功了。我们叹息不已，因为女神与阿汤的描述出入太大，即便如此，我们还是深感造化弄人，因为不帅而且看上去也不有钱的阿汤竟然第一个恋爱了。

不得不承认，这是努力的结果。我想，我也许应该像阿汤一样，起码舍得付出时间。阿汤有了女友，理所当然地把我抛到了九霄云外。这一点我完全可以理解，换作是我，我也一样会见色忘友。阿汤与她的小女友甜蜜去了，我就只剩下空虚寂寞冷了。我的两个梦想高悬在远处，跟我一点关系都没有。

准确地说，阿汤这不算艳遇，他们压根儿就是在谈恋爱。与所有谈恋爱的男男女女一样，煲电话粥，发无聊的短信，在食堂互相喂饭，上课时说悄悄话，在自习室假惺惺地看书，逛街下馆子看电影，偶尔吵架，最终丧失了新鲜感，决意分手，或者干脆抱团死磕到底。阿汤和女友的感情颇有波折，分分合合，直到彻底说再也别见。失恋的阿汤没有伤心欲绝，反而经常说，感情的事情你们都不懂如何如何，你们这些曾经单身现在单身以后也许一直单身的人如何如何，全是些让人讨厌的话。

<h1 style="text-align:center">五</h1>

直到大四，秆子依然迷恋网游，而我们早已为工作、考研和女朋友忙得团团转了。就连大龙都果断抛弃了动画片，正儿八经地找起了工作。从这个层面上来说，秆子是个从一而终的人，他比我们中的任何一个人都更懂得坚持。

唯一有变化的是，他买了一台二手电脑，并且请一位高手改造升级了一番，以便跟得上网游对电脑的配置要求。从此，他活得像一个正常人，不用再黑白颠倒地出入网吧了。可是，宿舍也因此变得更像一个游戏厅，网络游戏里的厮杀声整日萦绕不散，吵死人不偿命。方便面和劣质香烟的气味更是呛人。这严重影响到我的休息。我只是希望他在睡觉的点上关掉音箱。在多次交涉无果的情况下，我出离愤怒，掀翻了电脑桌，如果不是别人及时拦住，我就要砸碎显示屏了。谁也没有料到我会有这个突如其来的举动，包括我自己。秆子愣在座位上，无声地关掉了电源。自此，我们沦为陌生人，虽然共居一室，却谁也不认识谁。

毕业后，我花费相当大的心力考取了一份公职，主要职责就是保证某风景区不出乱子。

因为自己粗通文墨，是写文章不会通篇语病的那个唯一，所以理所当然地包揽了领导的所有发言稿，以及绝大部分的应景文章。我充分发挥主观能动性，极尽铺排、夸饰之能，写出篇篇华章。我因此享受到的赞美和好处着实不少。那段时间，我的感觉很良好。

另外，我还负责每月一份的小报，也许称之为景区宣传册更适合一些。这份小报主要刊载领导的重要指示、景区的大事小事、优秀员工的风采和工作心得，并且以极其隐晦的方式介绍景区的业务。我大包大揽，负责了策划、写稿、编校、排版以及联系印制的一条龙工作。这也许与我的第一个梦想搭边了。

有一天，领导决定在景区内建造一排古色古香的长亭。这件事在单位反复酝酿、发酵，各种动员会、协调会、研讨会、招标会轮番上阵。我们得知，在奠基那一天，领导的领导会亲临现场，发表重要讲话并且贡献出最宝贵的一铲土。这件事毫无疑问被渲染为重大事件，为此召开的大小会议不下十次，彩排两次，筹备数日。

活动当天，我早早等候在现场，备好相机、摄像机，时刻准备着全程跟拍领导的领导，但是领导的领导迟迟没有出场。时间被一再推延，所有全副武装的人都松弛下来，无望而焦急地等待着主角。

主角终于出现在众人翘首以盼的视野里。只见一辆黑色轿车缓缓驶入活动现场，有人以迅雷不及掩耳盗铃之势打开车门，伸手护住主角的瓷器脑袋。人群骚动，我也跟着大家上蹿下跳，试图捕捉到主角最神气的形象。然而，主角只是灵光一现，既没有发表重要讲话，也没有为奠基仪式送一铲土。转瞬间，黑色轿车又在视野范围内消失。据说，是因为主角内急，下车嘘嘘来着。

之后的事情平淡无奇，我照例杜撰出精彩绝伦的活动仪式和领导讲话。类似的事情在景区前前后后上演多次。

六

真正的艳遇在大四那年被阿汤遇上了，那时候，他已经单身一个多学期了。

那是一个丰乳肥臀的女人，妆容妖媚，装扮时髦。他们约在大学城的网吧门口见面，妖媚的女人对阿汤说：为什么不去喝一盅，你不觉得站在这里很傻帽吗？阿汤看了看四周，人来车往，果然不是谈情说爱和调情的好地方。阿汤说：那么，我们走吧！

在女人的带领下，他们来到小酒吧，一个位于闹市却藏得很深的小酒吧，灯影摇晃，好像就是传说中的繁华世界。阿汤第一次见识这种地方，心里发怵，女人看上去却轻车熟路，优雅地跷起二郎腿，齐臀小短裙下的大好风光隐约可见。她向服务员要了一杯酒。阿汤说：我来一杯一样的。

这一切看上去确实是艳遇的节奏。夜晚和美酒，孤男和寡女，所有元素都指向了那个让人血脉偾张的目的地。服务员温柔地为他们再次斟满了酒，并且点燃了一支小蜡烛。女人拎起她的小包包，说：宝贝，我去一下下洗手间。阿汤心旌摇曳地看着女人摇晃的屁股，想入非非又自鸣得意起来。不过，女人去洗手间的时间未免太长了些，貌似有一刻钟了，阿汤意识到事情不妙。

那时候，"酒托"这样的骗术还很新鲜，尚未拙劣和低级到今天这般地步。最后，阿汤交了八百元酒水费走人（那几乎是他两个月的伙食费）。当他踏出酒吧门槛的时候，一公里外都能听见心碎的声音。阿汤恶狠狠地对我们说：八百块，连摸都没摸到一下！

阿汤从艳遇的迷梦里醒来。梦想这玩意儿，是坠落人间的天使，遇到了现实，总要打折扣，看上去优雅，其实不过是一地鸡毛。

七

浩子很快也发出了相同的感慨。那是在他的第一篇小说变成铅字之后。

大概在一个月前，浩子就已经声称自己成了一名真正的小说家，因为他即将发表处女作，而且会一战成名。那天，学习委员在课间休息时把一个牛皮纸信封递给了浩子，信封上赫然印着某某杂志社。浩子的眼睛都发出了绿光。他迫不及待地拆开了信封，翻开被折叠着的杂志，端详了好一会儿，然后才传到我的手里。我轻易找到了浩子的大名，很是羡慕了一番，只是这杂志的印制实在不敢恭维，每个字都好像在水里浸泡过，湿漉漉的，不干不净。至于小说的内容，还是不说为妙，免得贻笑读者诸君。即便如此，浩子还是高兴了好几天。

然而，浩子却未能如其所言，成为一个小说家，事实上，他连稿费都没等来。后者让我们牵肠挂肚，因为他答应要用稿费请我们吃红油火锅。他蓄起了小胡子，觉得这样会让自己看上去更像一个小说家，但实际的效果是让他看上去更像一个沉迷于意淫的猥琐宅男。浩子自此发愤写作倒是真的，只是拿得出手的作品几乎没有，所有的投稿都石沉大海，眼瞅着大学时光就要结束。他自己也非常泄气。

毕业前，他进了一家广告公司，职位是文案。他在宿舍做的最后一件事是反反复复看六小龄童版的《西游记》，他说：这个版本最经典，其他没有超越的。

八

毕业了，青春散场，各自纷飞。大家忙忙碌碌，张罗着自己的日子。偶尔相聚，却怎么也凑不齐人数。我只是听说，迷恋网游的秆子子承父业，做起了包工头，而且再也不碰网游了。大龙还是经常看动画片，只不过现在是陪着他的女儿看，他是成家最早的一个，现在在一家乡镇企业当主管。我们中的有些人依然晃晃荡荡，不着调。阿汤，小张，浩子，还有我，清一色平庸的上班族，活动地盘主要在"长三角"，倒是经常聚聚。喝酒吃肉，谈论花姑娘。

时至今日，我和阿汤依然做着艳遇的美梦。

偶尔谈起过去，轻描淡写，不足眷恋。在那些如春光般美好的年纪，我们却倾向于做愚蠢的事情，那些事情很小，有些荒唐，绝大多数没有意义。我们是一群迎着虚空奔跑的人。

每一个人终将归于阒寂，那么，剩下的只是如何让人生一路走得更热闹，所以，哪怕我们的情感炙热到让人脸红，行为幼稚到不忍卒睹，也没有一丁点儿关系。

前不久，浩子的一部中篇小说在他梦寐以求的刊物上发表了。他买了几十本，逢人就送。在酒桌上，他自诩为小说家，并且声称他的微博粉丝已经过万。那嘚瑟的口气和当年一模一样。而我早已经辞去公职，当了记者，只是不敢说自己富有正义感。我们的故事还在艰难地继续着，我只能说这么多了。

所有的梦想，只要存在心底，终将实现。

幼稚和疯狂
也不难为情

晓君和我，先是同学，后是同事。

春天既是发情的时候，也是适宜郊游的好时节。蛰伏了一个冬天的脚步，终于忸怩又坚定地迈出了家门，踩着滚滚而来的春的脉搏，要去看那花花世界了。晓君就是欢呼雀跃着蜂拥而出的人群中的一个，而且可能是跑得最快、笑得最欢的一个。他真是一个轻浮的人。

他和我搭伴出差，办完了公事，就迫不及待地要去玩了。那是一个地处偏远但风景秀美的地方。我们乘当地的旅游小巴车，在乡间泥路上颠簸了一个多小时，终于抵达目的地。门票很便宜，守门的妇女悠闲地嗑着瓜子，善意提醒我们，别跑太远，记得下山。温柔的春风裹挟着馥郁的花香拂面而来，骄阳当空照，灿烂得像孩子的笑脸。我们飞也似地跑了进去，谁也没在意她的提醒。

满目青山，一条溪水不知从何而来，一路或回旋盘桓，或飞流直下。溪水清冽，水底风光历历可视。我们溯流而上，溪岸边处处桃花，朵朵盛开，一簇簇，一丛丛，一片片，连成绯色的云，实在美妙。花丛中自然少不了蝶恋蜂狂，燕舞莺啼。叫桃花岛或者桃花源的景区很多，但是我都觉得没有这一处正宗。

韶光委实美好，只是不容逗留。我提醒晓君，差不多该下山了。晓君说：咱用不着原路返回，翻过山，就是另一个出口，来之前我就看过攻略了。我将信将疑，不过看他态度坚决，觉得多少有几分靠谱儿，也就随他继续上山。不知不觉间，时至傍晚，站在山顶看到的太阳已经比我们低了。可是，脚下的路似乎越走越荒凉，后来干脆就没了。我再次提醒晓君：你确定这里可以下山吗？晓君环顾四野，迟疑地说：应该可以。他说应该可以的时候就是肯定不可以。我果断地做出了原路下山的决定，扭头就往回走。晓君也紧跟着下来了。

下到山底，已经见几抹炊烟升起，最后一缕夕阳也收敛了起来。景区门口空空荡荡，小巴士不见踪影，嗑瓜子的守门阿姨也不知去向。我们直接从栏杆里跳出来。看样子，我们是被遗忘在这个前不着村后不着店的美丽地方了。

之后的事情变得一点都不美丽了。两个一下午都在爬山的青年，集饥渴、劳累于一身，却不得不继续在荒野小路上寻觅落脚的地方。我们斗胆敲响了几户人家的门，还没说清楚来意，就被拒之门外了。估计，两个背着包的大男人怎么看都像是打家劫舍的坏人。有个小姑娘从门缝里看了我们一眼，竟然吓得大呼小叫，我们赶紧识趣地离开了。遭此冷遇之后，我痛批了晓君，他自觉理亏，全盘接受了我的吐槽，默默走在前面，砸响了下一户人家的大门。

天无绝人之路，这句话是真的。一位老大爷终于决定收留我们。老大爷在铁路边值班。那是一条横穿马路的铁轨，火车开来的时候，值班人需要拉响警铃，放下栏杆，挡住络绎的行人。没有火车的时候，就沿着铁轨巡视一番，清除掉调皮的小孩放在铁轨上的石子。老大爷见到我们的时候，竟然没有表现出怀疑和警惕，而是用一口颇标准的普通话告诉我们：你们可以在这里凑合一晚。当时我们的第一反应是想给老大爷下跪。

老大爷是离休工人，本住城里，为了发挥余热，才到这里守路。他说，住这里清静，还不给晚辈们添乱。他还说，他已经不是第一次遇见像我们这样流连忘返的人了。

简陋的值班室里整齐地码放着一叠报纸，桌子上倒置一个大大的手电筒。煤炉里烧有热水。老大爷用热腾腾的馒头和煎饼卷大葱招待我们，还有一瓶自制的黄豆酱。他还破例喝了几口烧酒。他说，喝酒误事，一个人值班是不喝的。晓君一点也不客气，喝了好几杯，而我更喜欢喝碳酸饮料。

晚上，我们跟着老大爷在铁路上巡视了几个来回，打了一会儿牌，看着窗外苍白而沉寂的世界发呆，感受火车开过时脚底微微的颤抖。晓君很开心，觉得这样的体验既难得又新鲜。后来我撑不住，躺到床上睡着了，迷迷糊糊中听见晓君和老大爷叽里咕噜地说个不停。

第二天辞别的时候，老大爷死活不肯收下报酬。晓君一路上都在感叹，世上还是好人多啊。

大三最后一个学期，晓君在市郊一家露天游泳馆谋了一个临时工的差事。他力劝我跟他一起去，理由是：既可以挣钱又可以饱览泳装美女。这两点都不足以让我动心，我只想回家吹吹空调的凉风，享受冰镇碳酸饮料带来的透心凉感觉——待在宿舍真是热疯了。但是，晓君的态度很强硬，而且他告诉我，那是一个地处偏远、风光旖旎的好地方，晚上很安静，你可以随便练习吉他，弹得再难听也不会有人嘲笑。那时候我正对吉他上瘾，虽然技艺粗浅，却乐此不疲。他还说，那地方唯一不缺的就是凉水，随意冲凉；晚上凉风习习，一点儿都不热。

你也许还得带上一床薄毯子，以免晚上着凉。这是他的原话。

我终于被他说动了，于是，我们上路了。

泳池的老板娘是一个胖得实在太过分的中年妇女，她给我们每人发了一条泳裤，并且慷慨地从冰柜里拿出了冷饮。她的举动让我对即将开始的暑期打工生涯产生了美好的憧憬，可事实上，我大错特错了——那是我整个暑假免费吃到的唯一一份冷饮。

泳池的里里外外全由老板娘一个人操持，我很快就见识了她的剽悍。老板是一个沉默寡言的腼腆男人，他只负责躺在二楼的平台上晒太阳。他似乎对眼前的世界失去了足够的兴趣。晓君不怀好意地揣测他对婚姻生活不满，长期处在老板娘的淫威之下，抑郁了。如果运气好，晚上可以在冲凉的时候碰见他，他坐在木椅上，无限惬意又好像无限忧伤。其余时间，他都神出鬼没，不知踪影。

来这里当临时工的可不止晓君和我。在我们之前，已经来了两个高中生，一个短头发，一个长头发，短头发的是高个子，长头发的是矮个子。他们俩站在一起，看上去就是说相声的黄金搭档，可事实上，他们一天不会说上三句话。即便说话，也是两个人窃窃私语，而且言简意赅，嘴唇动不了几下。在我们之后，又来了三个同校但不同系的女生，清一色的长头发。女大学生来了之后，两个高中生更沉默了，他们害羞地躲到一边，尽量减少与大学生碰见的机会。闲暇的时候，他们气定神闲地盯着泳池，一点都不像青少年。

　　女生们很活跃，她们以三倍甚至更多的价格把泳装卖给顾客，肆无忌惮地讨论某某某的肱二头肌和胸肌看上去多么完美。晓君在阅尽无数泳装美女之后，悄悄告诉我，还是女同学耐看，她们骨子里有股脱俗的气质。之后，闷骚的晓君极尽作秀之能事，企图引起女同学们的注意。傍晚时候，夕阳照在水面，晃晃荡荡，他优雅地躺在水面，轻松地摆出各种造型。他一口气游好几个来回，速度快得惊人。他在水里像一条鱼。只敢在浅水区游弋的女生们发出了惊叹声。

　　我更钟情于负责所有人吃喝的女厨子。事实上，她也不是纯粹的女厨子，因为她在下午还得负责卖凉粉；有时候人手不够了，她还被安排到门口收费。有好几次，我还看到她在洗老板娘的衣服。不过，大多数时光她还是在厨房度过的，一日三餐，我都能见到她的身影。在我看来，她才是最清纯的姑娘，虽然做着粗重活儿，人却水灵得像林黛玉，但是她比林黛玉更健康。在我看来，她埋头炒菜的样子极富诗情画意。更重要的是，她好像对我有好感，因为我发现她给我盛菜时肉丝总比别人的多！

男人们的主要工作是清理泳池和保护顾客安全，后者可以忽略不计，反正我是从来没碰见过落水的人。清理泳池这件事很费体力，每天一大早就得拖着沉重的水泵把池底的污秽之物吸走，再舀走水面的浮物，然后撒点具有灭菌和沉淀作用的化学制剂。整个过程需要四个人忙活一个小时。之后是早饭时间。女厨子烙的大饼比脸还大，早饭是白米粥加大饼。

下雨天是最惬意的时光，什么事都不用管。我躺在宿舍里，无聊地发呆，或者练习吉他。晓君去女生宿舍调情了，而我钟情的女厨子回家了，见不到她的身影，我有些失落，更何况老板娘做的饭菜实在难以下咽，这让我更加想念女厨子。我把浓浓相思情化作缕缕琴声，希望它百转千回，绕梁不散。可是，我弹吉他的本事一直没长进。吃过晚饭，已经和女生们打得火热的晓君把我拽进了狂欢的队伍。他命令我弹吉他助兴，他已经和女生们跳起了热舞。女生们疯狂起来

真是随便又大胆，你很难在她们的热情面前保持冷静，不被
她们感染。

　　毕业之后，晓君天南地北地走了一遭，而我懒得折腾，
待在原地，先是读研，然后找工作，经历乏善可陈。有一段
时间，我觉得自己在爱情和事业方面的表现一塌糊涂，诸事
不顺意，心情非常糟糕，于是跑去找晓君玩。见面倒挺容易
的，四个小时的车程。晓君在车站接我，他已经有了一辆黑
色小车，来去自由。他说，亲自来车站接人，这对我来说可
是破天荒的事情，实在是因为咱俩关系铁。我没有好心情跟
他贫嘴，不屑地说：你怎么还这么轻浮？总体来说，他的表
现和以前一样不着调。

　　他住的地方堪称奢华，在寸土寸金的所谓一线城市的城
乡接合处，一幢四层别墅，地下室大到足可以进行二对二篮
球赛。台球桌在灯光映照下闪闪发光，只有经常使用才会泛
出这样的光泽。其他地方却脏乱得可怕。家具摆放的位置都
不本分，是一副对世界不满的凌乱样子。当然，这栋别墅的
主人不是晓君，是晓君的老板的，与他一起使用这个地方
的，楼上楼下一共四个男青年。

　　晓君问我，想做点什么？如果我知道这个问题的答案，

就绝对不会来找他了。当然，他也没有答案，他的生活和他的房间一样凌乱不堪，而且他似乎从没想过整理一下。他带我去吃了他认为很赞的明炉羊肉和油焖肥肠，喝光了三瓶啤酒。之后，我们又开始为接下来干什么而苦恼了。想了一会儿，晓君拨通了电话。他转身去超市买了点东西，而我一直没精打采地坐在座位上。

回到家，屋子里多了三位姑娘，在朦胧的灯光下她们显得很迷人。同屋的男青年也陆续回来了，其中一个男青年高声说：最漂亮的为什么没来？然后姑娘们就把手里的东西砸向他。晓君边开啤酒边和姑娘们说话，听上去大家都很熟悉了。晓君还跟个子最高挑的姑娘聊到了公司的事情，他们应该是同事关系。

在晓君的组织下，游戏渐入高潮。我们先是打牌，输光了身上的衣服之后，开始唱歌跳舞。姑娘和小伙子们好像都疯了，仿佛明天就是世界末日，所以要赶快把剩余的生命挥霍掉。虽然他们把歌唱得鬼哭狼嚎，把舞跳得张牙舞爪，但是大家都如痴如醉。游戏的尺度大到了让人面红耳赤的程度，可是没有人掉链子。只有我的表现一如既往的糟糕，与姑娘们有肌肤之亲的时候，既畏缩又渴望，这再次证明我是一个虚伪的人。

我一直担心会有人敲门指责，因为这屋子实在太吵太闹了，男人和女人的声音混杂在一起，高亢而放肆。

　　也许是午夜，也许更晚，我的头开始疼了，而且受不了越来越浓重的烟酒气味，就去冲了澡，躺到床上，迷迷糊糊中听到歌声渐歇，人声收敛，喧嚣散场。睡到第二天中午，昏昏沉沉地起来，去外面找吃的。大家还躺在床上，睡姿奇异。回来之后，大家又不知道去了哪里。晓君发来短信，让我四处随意逛逛，他晚上才能回来。

　　我回到自己的城市没多久，晓君就来看我。他搂着女友的蛮腰出现在我面前的时候，我吃了一惊。原来他女友就是那个个子高挑的姑娘。如果没记错的话，那一晚我狠狠地吃过她的豆腐。我在心里嘀咕：这是什么狗血剧情，晓君现在大方到了连女友都能分享的程度？

　　后来机缘巧合，晓君和我成了同事。我们因此有机会一起出差，游山玩水，逍遥快活。我是那种外表沉闷内心闷骚的人，而晓君是外表闷骚内心更闷骚的人，因为彼此有共同点，所以要好得可以同穿一条裤子。

　　那时候，晓君已经结婚，而新娘不是个子高挑的姑娘。婚姻这东西，身在其中的人应该明了它的百般滋味。有天晚上，晓君打电话过来，让我去接他，他酒喝多了，开不了车。我问他在哪里，他说在我们常去的小酒吧。我扶他出来之后，他说想去运河边走走。我只好万般不情愿地陪一个男人在处处荡漾着小资情调的运河边散步，这是多么对不起风月的事情啊。很快，我就发现事情不是酒喝多了这么简单——没走多远，晓君就蹲在岸边的石头上痛哭起来，虽然夜色弥漫，但他狰狞的哭相还是暴露无遗。我不知道发生了什么，只是手足无措地等待他恢复到正常情绪。

我开车把晓君送到家，看着他缓慢地下了车，然后一步一步向小区的楼道里移动，真不知道是应该同情他还是应该鄙视他。他消失在楼道里的身影有几分落寞，没有了往日的生猛和无谓。

第二天，他竟然发了一条酸溜溜的短信，声称给我带来了麻烦，为此向我道歉。

三天后，我们在一起喝酒。菜过五味，酒过三巡，晓君恢复了往日模样，话匣子打开，什么秘密都藏不住。他嬉皮笑脸地说，那晚跟老婆吵架，心情郁闷，于是借酒浇愁，多喝了几杯。我提醒他，还记不记得抱头痛哭这一幕？他直摇头说：快别说了，这种事情想想就觉得荒唐，哎呀，太难为情了！

我举起酒杯，大声说：难为情个屁啊！有什么好难为情的！

我忽然发现自己说话的语气里充满了慷慨和无谓之情。

活得真实，即便洋相百出，也强过勉为其难。

无论如何，我还是更喜欢以前那个不知道难为情的晓君，那个幼稚到无知、疯狂到随便的晓君，那个无谓而生猛的晓君。

幼稚和疯狂，是对现世坚硬的不屑一顾，是对诗意的世界怀有向往。

失败是一件很酷的事情

一

那是骑着单车还能泡到妞的时代。

有乐队在空洞的废弃教学楼里玩音乐，有人在谈论诗歌，高声说出梦想也不会被人笑话。

那时候，张蒙还在拼命读武侠，对喝酒吃肉的江湖心怀向往。江湖中人没有正经营生却永远有银子花，这是张蒙无法成为侠客的根本原因。那时候，我们还很随便，分分钟就喜欢上一个姑娘。张蒙把他喜欢过的姑娘都写进了文章里。在纸上的世界，他过得活色生香，二八佳丽打破脑袋抢着要跟他好。可事实上，他连姑娘的发梢都没挨着。

那时候，我们住简陋到极致的集体宿舍。那是一片新建的厂区，位于荒郊野外，没有电视，没有网络，没有游戏机，没有报纸杂志，没有年轻姑娘，没有一切精神生活。我对原始人般的生活现状表示不满，整天喋喋不休地说着抱怨的话，但为了钱不得不继续坚守。张蒙却显得很无所谓。他以冲凉为乐，从夏初一直冲到深秋。整栋宿舍的人都见过他冲凉时陶醉的神情——他哼唱着小曲，悠然地在全身涂上肥皂，然后用毛巾一丝不苟地擦拭着每寸皮肤，最后用一盆一盆的凉水从头倾泻而下——整个过程充满了仪式感，耗时漫长。张蒙把纯粹的洗澡行为演化成了妙趣横生的娱乐项目，堪称生活的艺术家。但是冬天接踵而至，他再也没有勇气坦然地脱光衣服走进洗手间了，哪怕在冲凉前疯狂地做一百个俯卧撑，在走廊里跑二十个来回。

我以为这时候他会陪我一起抱怨了，没想到他不知从哪里弄来一本繁体字版的《易经》，从此正襟危坐到二三更，废寝忘食地研究起天人之术，没空搭理我。

放假的日子，我们骑上破单车，穿过金黄色油菜花的海洋，穿过炊烟袅袅的村庄，穿过海风腥臊的渔场，骑行两个多小时，来到繁华的中心。我们大口呼吸着城里的空气，拼命往人堆里钻。只有在那个时候，你才觉得人类那么亲切，才意识到扎堆那么重要，就连路边循环播放的招揽顾客的烂俗口号都格外动听。我们见到光腿的美女就大呼小叫，流氓本色暴露无遗。我们穿梭在大街小巷，恶补资讯的空洞，似乎只是看一看琳琅满目的商品和表情各异的人类，就能获得精神上的无限满足。

书店当然是必去之地，摸一摸封面都会心旌摇曳。不过，真正出手买书却很少，因为我们都很穷，而且也不知道在这个城市逗留多久。

偶尔，我们会无比奢侈地在旅馆开一间房，睡一晚，第二天继续流连于霓虹闪烁的城市腹地，直到下午才回到厂区。更大的失落感和空洞感笼罩而来。我觉得自己就要离开那块不毛之地了，但是我还没有攒到足够的钱和勇气。

张蒙继续写小说，他把文稿保存在办公室的一台电脑上，很晚才回到宿舍。每次回来，他都兴奋地唠叨着字数和情节的进展情况，有时候他还会询问别人的意见。不过，谁也没认真听他的话，大家忙着发呆或者盘算未来，没空理会他。他也不因此而沮丧，洗洗就睡了。

我那时候打算报考美院，于是重拾画笔，和张蒙一起坐在办公室里熬夜。张蒙把键盘敲得劈啪作响，我的铅笔落在画纸上，也发出呲呲的声响。这两种声音使我的神经莫名地兴奋起来，运笔越来越快。我感觉到神灵的眼睛穿过浓重的黑暗在看着我们。我把这个想法告诉了张蒙，他刚刚写完一个高潮迭起的段落，正无限满足地仰躺在椅子上。这时候，主管进来了，他默默看了看张蒙的电脑界面，又看了看我手里的画稿，然后拉掉了电闸。他说：都回去吧，别再浪费公司的资源了。

第二天，那台电脑不见了，不翼而飞的还有电脑里存放的文稿，那是张蒙奋斗了二十多个晚上的产物。不过，他没有表现出应有的悲伤和愤怒，而是一如既往的无所谓，他指了指项上的脑袋瓜，说：都在这里，不会丢的。

我想，如果换成自己，无论如何也不会淡定到这种没心没肺的程度。

二

我们辞职了，并且迫不及待地搬离了那个没有美女的荒郊野外。新的住处离我报考的美院很近，所谓近水楼台先得月，我因此有机会去美院蹭课，并且自此公然出入图书馆。张蒙决定把躺在脑袋里的那本书写完，他淘了一台二手笔记本电脑，接上网线，从此蛰伏在家，像一个真正的艺术家。每天都有好消息传来，比如某网站力邀他加盟，某机构又与他签约，阅读量创新高，粉丝数过万……只是，没有一分钱进账。他信誓旦旦地宣称自己即将成为万众瞩目的人气作家，日进斗金。我耐心地等待这一天姗姗而来。

不过，在成名之前，我们还需要吃饭和缴纳房租。那时候我们都已经毕业，羞于沦为啃老族。我费了九牛二虎之力在文化公司找到一份兼职，给一本儿童杂志绘制漫画；张蒙负责写动画脚本。这份并不费力的兼职却带来了颇丰厚的收入，结算工资那天，我们勾肩搭背、手舞足蹈，像两个神经病。晚上，小餐馆的油爆肥肠和麻辣豆腐真是让人赞不绝口。张蒙特意买了一罐啤酒。夜色空濛，微风醉人，走在回住处的路上，我感到莫名的振奋，忍不住唱起了歌。

三

美院的招生考试结束，冬天已经深了，我匆匆赶回家。张蒙也写完了故事，正通过网络卖力地推销。

回到故乡的小镇上，一切都是熟悉而亲切的，父母的关怀备至令我感到惶恐不安，我承担不起那样无私的爱。落雪了，小镇宁静而乏味。早晨躺在床上，鞭炮声此起彼伏，和窗外单调的风景对峙，百无聊赖。亲戚们嘘寒问暖，聊些无关紧要的话题，关心庸常的生活。这个地方虽然温暖，但是用不了几天，我就受不了它的乏味。用矫情的话说，就是：在这里，我的内心得不到任何响应。

在长辈的安排下，我相了一次亲，第一次和操着乡音的姑娘互致问候，感觉怪异。姑娘是土生土长的小镇人，长得不赖，而且年轻，皮肤白嫩，吹弹可破，奈何话不投机，聊无可聊。相亲回来，我躺到床上，忽然想到生长在小镇上的人们，淹没在日常生活中，精神空洞，了无生趣地消磨着时光。我不确定这样的生活是否值得，也没有找寻到所谓有意义的生活，但是想到这里，还是免不了心生忧惧。第二天，我就离开了小镇。

张蒙已经不再把大富大贵的希望寄托在写文章这件事上，我也考砸了。我们意识到当务之急是找份靠谱儿的工作糊口。造化弄人的是，我最终被一家媒体录取，从此走上与文字打交道的不归路；张蒙却进入一家管理咨询公司，与他热爱的文字没有半毛钱关系。

我们租住的老旧小区面临拆迁，到处都被粗暴地写上了红色的"拆"字。我晚上窝在屋里写稿，经常听到伟大的城管骑着摩托肆意穿梭的声音，警报器"呜啦呜啦"地叫唤着，好像在宣告这里随时都会被夷为平地。然而，我们依然顽强地寄身于此，与富贵阶层仰望同样的夜空，呼吸着同样的PM2.5，做着各自的梦。

天气晴朗的日子，我们会骑单车去乡下，那里人稀车少，不用太担心被那些喝了酒乱开车的家伙撞死。那时候，天空蓝得像一块水晶，棉花糖一样的云团飘在空中。看多了灯红酒绿的浮华，我们又向往风轻云淡的素净。人就是这样，在此岸和彼岸之间纠结，轻易就蹉跎了一生。

有一天，我们骑行到乡下，正打算折返，张蒙的那辆破单车彻底散了架，链条断成好几截，前轱辘也严重变形。这辆破玩意儿终于被人类用坏了身子骨，张蒙随手把它扔到路边，然后默默坐到一旁。晌午的太阳光直射而下，风吹过田野，金黄色油菜花此起彼伏，我看见他的背影在金黄色的海洋里轻微沉浮，忽明忽暗，好像万能的佛祖降临人世，撩拨开万丈红尘，金身乍现，充满了神秘而悲悯的色彩。这感觉既诡异又真实，不知从何而来。

休息了一会儿，张蒙起身，说：回去吧。

我指着散架的自行车问他：不修一下吗？

他说：该让它退役了，修好它还不如再买一辆。

我说：那你怎么回去？

他拍了拍自己的两条腿，说：只好靠这个了。

他淡定得就像啥事都没发生似的。两个小时后，我们回到住处，张蒙为了感谢我陪他傻傻地走完漫漫回家路，请我去小餐馆吃油爆肥肠。那时候，即使囊中羞涩，钱依然是我们最不在乎的东西，总以为有的是力气和智慧，千金散尽了，分分钟又能挣回来，既富且贵的日子会在不久的将来水到渠成。

四

房东终于通知我们搬家了，威武的推土机早已扫平了周围的老房子，灰尘遮天蔽日。一幢幢别致的小洋楼在河对岸拔地而起，每天都有人在那里构思着新家的模样，但我们明显不属于那里。好不容易找到新住处，价钱同样便宜，不足之处是离上班的地方更远了。

我们尝试着练摊，从批发市场进了些货，是梳子、指甲钳、打火机之类的东西，最终只以五毛钱的利润卖掉一只小红灯笼。那是在一个小孩的不懈坚持下才达成的交易。之后再也无人问津。我们在夜风中被冷落了五个晚上，然后意识到逝去的时间才是最昂贵的成本。

我认真想了想，最终坚定了继续报考美院的念头。我把这个想法告诉了张蒙，他立刻兴奋地对我说：其实我也更想回去编故事。于是我们一致决定把地摊上的东西无偿送给路人。

回去的路上，我们互相说着安慰的话，但是很快发现对方好像并不沮丧，完全没必要自作多情。没尝过失败的滋味，你都不好意思说自己奋斗过，所以失败是一件很酷的事情。

无论如何，我还是蛮喜欢张蒙试图安慰我的那句话：没什么大不了，没什么特别重要，没有谁少不了，明天是什么样子，后天就知道了。

在寂寞的星球曾这样活过

总有一段时光，
让我们特别心疼那个时候的自己。

对不起，我可能还爱着你

一

2013年夏天，副热带高压在这座城市的上空久久驻留，没有离开的意思。夏艾菲的行李被面包车司机粗暴地卸在楼道口。只有在搬家的时候，她才深刻意识到一个人生活在世界上竟然需要拥有那么多物质，大包小包，鼓鼓囊囊的，沉得要死。她只能凭借自己的力量把这些东西从一楼搬到六楼，没有电梯可乘。劳动进行到一半的时候，她预感到自己可能会精神崩溃。因为天太热了，东西太沉了。她担心自己会从刚租来的房子里纵身一跳。在悲剧没发生之前，她拨通朱一凡的电话，动用了她能想到的全部脏话、粗话，给了朱一凡一顿排山倒海的臭骂。骂痛快了，夏艾菲果断挂掉电话，长长地舒一口气，感觉自己可以平心静气地继续搬行李了。

过了一会儿，她收到朱一凡发来的短信：你没事吧？

不知道从什么时候起，夏艾菲开始计算与朱一凡分手的时间。距离他们最后一次吵架的日子已经过去432天。那天，夏艾菲在卫生间让朱一凡递一块毛巾给她，话说了三次，一次比一次大声，都是有去无回。朱一凡正对着电脑看一篇时政评论文章，把她的话过滤得一干二净。完全失去耐性的她冲出卫生间，朝朱一凡的脑袋狠狠打了一巴掌，紧接着又使出一招河东狮吼，无情摧残着朱一凡的耳膜。她清楚地见到朱一凡的脸色从莫名其妙到恼羞成怒到不耐烦，到最后的无动于衷。

人生中的又一个夜晚就这么轻易变得糟糕起来。

以往，他们的吵架流程是这样的：从一言不合到针锋相对、恶言恶语、拳脚相加，再到冷战数日，最后一方妥协，重归于好。但是这次，朱一凡始终沉默不语，像一块巨大的海绵，默默吸收了夏艾菲的无理取闹。夏艾菲其实最受不了不理不睬的冷漠态度，闹得没了力气，瘫坐在沙发上，眼泪汪汪地盯着朱一凡。眼泪里不止是委屈，还有着深深的迷惘——她不知道应该怎样对待这份坚持了五年的感情。

夏艾菲说：朱一凡，我们分手吧。

朱一凡的身影在泪眼里变得模糊不清，但他的声音格外清晰：夏艾菲，你最好想清楚，我不希望你说出这种话是因为被愤怒冲昏了头脑，我们都应该冷静地思考一下我们的关系。

夏艾菲的心里"咯噔"一下，像被针尖猛地刺到了。她本以为这又是一句有去无回的话。她极少在朱一凡口中听见自己的全名，他一般都叫她"菲菲"。

她反问：看来你早就想好要分手了，对不对？

朱一凡再次陷入了沉默，夏艾菲理所当然地把这沉默当作默认。

这是他们俩最不像分手的一次分手。早上起床后，朱一凡照常做了两个人的早饭。夏艾菲一直生着闷气。出门的时候，朱一凡提醒她：路上注意安全。自从他们谈恋爱之后，朱一凡这句话就一直没变过，凡是夏艾菲单独外出，朱一凡必说无疑。夏艾菲给了他一个白眼，说：你真是一个无聊透顶的奇葩，你爸妈知道吗？

下午三点多钟，夏艾菲收到朱一凡的短信：我走了，钥匙放在桌上。

她不假思索地回了一个"滚"。

晚上回到家，发现朱一凡的东西已经搬运一空。原来，这一切都是蓄谋已久。恼火的夏艾菲拨通了朱一凡的电话，劈头盖脸地骂了一通，电话那头也没声音，过了一会儿才听到挂断的声音，再打过去，对方已经关机。真够绝！夏艾菲恨得牙痒痒。

二

夏艾菲第一次搬家，是在分手后的第二周。她意识到自己可能没办法把朱一凡的身影从房间里赶出去。虽然他的东西已经搬空，但气息一直在。所谓的气息，大概是气味和记忆混合的产物，有时候是留在床头的一根头发，有时候是隐约听到的开门声。有一次在楼梯口与一个男的擦肩而过，闻到了与朱一凡身上相同的古龙水气味，夏艾菲激动得浑身发抖，急忙转过头去，发现不是那个熟悉的身影，竟然像弄丢了魂魄一样失落。有天早上，夏艾菲睡过了头，猛然醒来的第一反应竟然是朱一凡怎么还不叫自己起床，愣了两三秒钟，才意识到那个人早已不再是靠谱的起床闹铃了。那是分手后，夏艾菲第一次打电话骂朱一凡，骂着骂着就哭了。

一个人租房子住，才发现单身公寓的租金好贵，只好选择合租房。夏艾菲在网上联系了一间相对便宜的房子，走进一看，着实吓了一跳：完全没有装修的毛坯房里，住着七八个灰突突的男人，有人在抽烟，有人在玩电脑游戏，有人坐在床沿正直勾勾地盯着她看；有一个穿黑丝的女人夹杂在男人中间；房间里一股浓重的烟味，客厅的桌子上乱七八糟地堆放着杂物。夏艾菲刚迈进客厅就逃了出来，跑出小区门口时才松了一口气，庆幸自己没有被劫财劫色。

她最终咬牙切齿地下了决心，与一个女孩子合租了一个环境好一点的房子，房租当然不菲。搬家那天，自己把行李拎上拎下，累到脚抽筋。以前这些苦力活通通由朱一凡包办了，她只负责站在楼下嘻嘻哈哈地给朱一凡打气、加油，冷不丁地在他汗涔涔的额头上亲一口，声称这是爱的力量。朱一凡还无比配合地表现出瞬间被打鸡血的状态。

和朱一凡住在一起的时候，夏艾菲喜欢储存好吃的东西，每次去超市都会买好多，芝麻酱、蜂蜜、酸奶、鸡爪、肉排……把冰箱塞得满满当当，她感觉这样才有居家过日子的样子。朱一凡的爱好之一是做菜——是真的喜欢，不是偶尔表现一下讨她开心。他逢烹饪和美食节目必看；换了智能手机之后，在手机上看菜谱、学做菜就成了他打发空余时间的方式之一。夏艾菲上班的时候很少叫外卖，因为每天的午饭都由朱一凡准备得妥妥当当。朱一凡买了保温饭盒，每天晚上把饭和菜分开装进饭盒里。每次同事用羡慕嫉妒恨的语气说小夏是有口福的人，她都欣然接受，心里美滋滋的，觉得自己的男朋友虽然不是高富帅，却是居家实用的那一款。

再次单身的夏艾菲顽强地把储藏食物的习惯保留了下来，逛超市的时候还是会不假思索地买回很多蔬菜，丢进冰箱里，却很少自己烧饭吃了。蔬菜放得蔫了，舍不得扔掉，她才强迫自己烧菜，但是吃自己烧的菜完全是跟自己过不去，因为味道实在太糟糕了。储存在冰箱里的很多食物最终因为过期而被扔掉。每次清空冰箱的时候，她都会无比沮丧地想起和朱一凡在一起的时光。

她希望早点摆脱那些让自己难过的感觉，能够像从前一样，因为一个好天气就轻易地感觉开心。刚分手的时候，她觉得自己完全没有悲伤的理由，因为是她先提出的分手，而且不止一次，她一直以为自己已经厌倦了那份不会再有心动的感情。她没想到，真的就一个人生活的时候，会有那么多的不适应接踵而至。以前，她喜欢看悬疑和言情小说，对心灵鸡汤类的小书不屑一顾，但是分手之后，她大喝心灵鸡汤，常常一个人坐在阳台看一本心灵鸡汤书，因为感触良多而流下矫情的眼泪。一个人在感情脆弱的时候，才会轻易被触动。

三

夏艾菲开始频繁失眠，躺在床上数羊数到上万只，睡眠却不肯光临。冬天冷到彻骨，被子增添到了三床，被窝里还是存不住热气，只好蜷缩着，不敢舒展身体。感冒成了家常便饭，头昏脑涨地躺在床上，喉咙疼得不敢咽唾沫。以前，朱一凡会轻轻抚摸她的额头，给她端来红糖生姜水，现在她只能自己扛着，胡乱地吃些感冒药，然后自暴自弃地把自己扔到床上。

难受得不行的时候，夏艾菲拿起手机，想给朱一凡打电话，她想告诉他，自己后悔了，现在她一个人活得艰难，在生病的夜晚无可救药地想起他。然而，时过境迁，他们不可能回到从前。他们分手后的第381天，夏艾菲在微博里看到了朱一凡和他新女友的照片，虽然她竭尽全力想要屏蔽掉那些信息，但眼睛总是不争气地敏锐捕捉着大脑不想看到的东西。

有天晚上，夏艾菲走到小区门口才发现门钥匙落在屋里了，早上出门的时候临时换了一件外套，钥匙就放在被换下来的那件外套的口袋里。巧合的是，同住的女孩子正好回老家，要明天晚上才能回来。她的第一反应是找开锁公司的人，但是打开了门，门锁肯定被破坏了，晚上又无处买锁，总不能敞着门睡觉吧，这显然不是一个好的选择。她坐在走廊上想了想，决定去旅馆睡一晚。小区附近就有一家快捷酒店，走路一刻钟就到了。走进旅馆后发现身份证没带，随身带的钱也不够付押金，她尴尬地站在总台，身旁是等待开房的人。她怯怯地退到了大堂，找了一个沙发坐下来，假装在包里找东西，脑子飞速运转，思考解决办法。最后，她决定打电话给朱一凡。只有这个人，是可以在他面前放下自尊的。

没过多久，朱一凡的身影就出现在旅馆的旋转门里，他默默走向总台，开好房间。夏艾菲像一个犯了错的孩子，悄悄尾随着他进了房间。两个人没开口说话，朱一凡拉开窗帘，看着窗外，真不知道除了黑暗他还能看到什么。看了一会儿又转身去烧水，然后就说要走了，夏艾菲"哦"了一声。朱一凡从口袋里掏了张纸条，放在桌子上，说：这是早餐券，记得吃早饭，你胃不好。

他好像是在征求夏艾菲的同意，但他发现夏艾菲的背影在剧烈颤抖，走近一看，夏艾菲早已是泪人一个。他手足无措地愣在一旁，过了好一会儿才傻傻地问：你没事吧？这是他在夏艾菲伤心时的招牌式说辞，和他的性格一样，一成不变。

刻意伪装的坚强终于在那一刻崩塌了，夏艾菲把憋在肚子里的话一股脑儿地说了出来，她说：朱一凡，你真狠心，说分手就分手了，我承认我是有点作，但是你脾气一直好，就不能再让我一次吗？

你搬走之后，我已经很努力地去适应一个人的生活了。我搬了好几次家，就是想躲你躲得远远的，但是你一直阴魂不散。我坚决不跟两口子合租在一起，就是害怕自己显得形单影只。我学着自己做饭，自己起床，很认真地照顾自己，我按照书上写的那样，对自己好，给自己买贵的衣服、好的化妆品，但是这些事情真的很难坚持，我坚持得好辛苦你知道吗？

我一直没办法把你从脑子里赶走，所以脑子里没有空位置装下另一个人了，我感觉身边的男人都是为了和我约炮才靠近我的，我不敢相信他们。

晚上睡觉，总感觉窗户边有窸窸窣窣的响声，半夜经常惊醒，担心屋子里有坏人，可是又不敢开灯看一看。你知道我是胆小鬼，跟你在一起的时候才能踏实地睡觉。

以前我嫌你啰唆，嫌你不够男人，嫌你太宅，嫌你不会交际，我现在明白了，你那是关心我，你那是踏实，我还想和以前一样，在你的鞭策下养成早睡早起和吃早饭的习惯。我还是喜欢被你照顾着……

　　朱一凡眼睛盯着地上，一直默不作声，对夏艾菲的话无动于衷。

　　夏艾菲自顾自地说了一通，却只是独角戏，她忙解释说：我也不知道干吗跟你说这些，谢谢你今天能来，钱我会还给你的，你要是有事，就先走吧。

　　片刻的沉默，空气好像凝滞了。紧接着，朱一凡"哦"了一声，这个"哦"字是落在沉闷的空气里，像一把刀插进了棉絮堆。夏艾菲不敢抬眼看，她竖起耳朵，听见了脚步声、关门声、电梯的开门声。她无力地瘫坐在床上，大脑陷入空白状态。那个曾经亲密无间的恋人远去了。不知道是因为极度的窘迫还是悲伤，此刻，她只想把自己严严实实地藏起来。

我得过的最重的病，是想你

看到你骑着车英姿飒爽地出现在路口，我高兴得想要冲上去一把抱住你。路灯下，人来车往，我站在路口，不知道等待是漫长还是短暂，时间总是无动于衷地向前走。

你不在的时候，我从寺庙的后门走到城墙上。总觉得自己来过这里，可是我又不太确定。你还在上班，大家好像都在上班，我这个闲杂人，在这里晃晃荡荡，揣着莫可名状的心事，细数时间分分秒秒地流走。

碰见一个老头儿挨着城墙放风筝。他的鼻毛很长，眼镜片像啤酒瓶的瓶底。我坐在一旁看了一会儿，顺便向他讨教了放风筝的学问。后来我不知道自己逛到了哪里，反正是一条河，有好多人坐在河边钓鱼，岸边残荷绵延，让我意识到秋天真的深了。冷冬时节也许只隔着今天和明天。不过，此刻的太阳却很明媚，照在身上暖融融的，想打瞌睡。一个家伙已经连续收获了三条鱼，我站在一旁，也不免高兴了起来。

这里的饮料可真贵，是平常的两倍。饭和菜也是。时间还早，我就四处瞎逛。后来终于找到了以前去过的一个地方，才意识到我之前只逛了这里的五分之一都不到。这里真大。湖边有一条路，通向你住的地方。我从湖的一边走到另一边，朝那条路走去。天慢慢就暗下来了。好多地方在修路，人和车好像一刻也没有少过。不知道从什么时候开始，我有点害怕嘈杂的地方，不过也没关系。我不自觉地加快了脚步，钻进通往你住处的那条小路，路边是高大的白桦树，地上落满了宽大的树叶。

我站在路边，估摸着你大概还在忙忙碌碌，估摸着你大概在收拾东西准备下班，估摸着你大概骑行了一半的路程，估摸着你大概就要到了。直到你骑着车英姿飒爽地出现在路口，那一刻，我高兴得想要冲上去一把抱住你。我好熟悉你的样子。

我穿着有口袋的衣服，每次见到你，我或多或少都有些局促，不知道应该把手放在哪里。我在乎你就像在乎自己的声誉一样。每次来见你，想与你做的每一件事，我都要反复思量，提前做准备。即便这样，还是会担心在你面前有损形象，或者惹你不开心。喜欢一个人，真的会卑微到尘埃里。

从聊城到梦城，距离不远。坐火车也许会稍快一些。开车也很方便。只要时间充裕，我还是喜欢坐汽车，看看沿途的景色，散漫地想着心事，我觉得很开心。其实我也不知道自己究竟在想什么，更别说得出什么像样的结论了。当汽车终于下了高速之后，我再一次来到这个既熟悉又陌生的地方。它的拥堵的二桥，身裹灰尘的绿化树，处处都在施工的路面；它的傍山而建的房屋，高大的阔叶树林，古旧的城垣……我都乐于见到它们。我想，因为你，我对这个城市有了亲切的感觉。

离开这里，因为雾霾，只好坐高铁。你一早就有事。我终于上了车，心情糟糕，倚在车窗边，外面是浓厚的雾霾，连绿化树都看不到，我就盯着铁轨看，看久了觉得头晕恶心，只好闭上眼睛。然后发现邻座的人的衣服总是蹭到我，一时间觉得好烦，然后嫌弃地看了她一眼，发现是个年轻姑娘。自打与你认识之后，我就对美女不感冒了。眼睛压根儿就懒得搜索。你说我被你这只小妖精迷住了眼睛。我觉得你说的不全对。爱一个人太辛苦，我付出了全部的心力，沉浸在你的影子里，所以看不到别人了。

　　好花不常开，好景不常在——记得有首歌里这么唱来着。跟你在一起的时光，我怎么也快乐不起来，心里塞满了离别之伤。因为聚少离多，执手的幸福总被萦绕的离别之苦冲淡，明天才是分别时候，今晚就开始伤怀。我又体会到虚妄的感觉了，好像什么都抓不住，什么也不会拥有。每一次看着你消失在人群里，都能清晰地听到心碎的声音。我觉得值得我珍惜的东西不多，可以让我浪费的东西就更少了。好时光总是转瞬即逝，就像我未曾拥有过。

　　我年纪已经不小，可还是对很多东西都不太确定，唯一确定的就是我爱你。是你说的，爱应该说出来。也许，等到我们都老得不成样子了，我还牵着你的手，不忍心松开一刻。那时候，我也许就有资格说：你这辈子，最心疼你的人是我。我能等到那时候吗？

　　夏阡今年31岁。过完了年，他搬出尚寓花苑，只身去了南京。四年前，他倾其所有，在尚寓花苑买了八十平方米的房子；也是在那一年，妻子顺利诞下女儿。夫妻俩一起努力，经营着他们的小家。现在，要对这一切说"再见"了。人生是一个圈，生不带来，死不带去。从一无所有到一无所有，他用了七年。七年之痒是一个魔咒，果然不假。

　　南京的天空是惨白的。夏阡租好了房子，付三押一之后，看一眼银行卡里的可怜数字，竟然不再是心口发紧的感觉。他真心为此感到高兴。

　　窗外的梧桐树和这个小区一样老态龙钟。新一轮的寒潮接踵而来。半夜被冻醒，在被子里拼命做俯卧撑，床咯吱咯吱地发出了呻吟。现在的夏阡，早睡早起，按时觅食，下午去公园跑步一小时——他想，循规蹈矩能够帮他尽快适应新的生活。

　　以前，夏阡一直在做力不从心的事情。那天，得知剧本被毙的消息，他半晌说不出话。想了许多，终于走进Boss的办公室。

　　"我能不能再改改？"几乎是央求的语气。

　　硕大的办公桌像一条河，横亘在夏阡和Boss之间。Boss的黑框眼镜后面是散漫而诡异的眼神。Boss说：不是剧本的问题，投资方变卦了，也许以后会用上。

　　真相藏在谎言背后。夏阡清楚地知道："也许"的意思就是"别再指望"。

　　他感觉自己没有办法再坚持下去，不是因为缺乏毅力，而是不确定值不值得为之坚持。后来想想，既然觉得痛苦，那就辞职吧，何必苦苦为难自己。于是退回到家里。恰逢岳父母的老房子拆迁，他们把所有可能还具有使用价值的物件通通挪到了八十平方米之内。为了腾出更多空间，他们擅自扔掉了夏阡伺候多年的花花草草。从毕业那天起，它们一直陪着夏阡，哪怕是在腾挪流离的租房岁月里。

那段时间，夏阡开始频繁失眠。躺在床上，头脑发胀，浑身燥热，感觉自己就像可怕的浮尸。岳父母的鼾声和咳嗽声清晰地传进了耳朵里。

白天，他坐在书桌前，提笔写字。岳母忙前忙后，电脑屏幕上不断闪现着她的影子。无论怎么收拾，八十平方米的地方都像一个仓库。

终于有一天，岳母按捺不住好奇心，问夏阡：你为什么不用去上班了？

他仔细想了想，意识到自己是个胸无大志的懒人，还中了一种叫作文艺的毒。他还没有想好接下来该做什么事情。

没等到想好的那一天，夏阡就离婚了。他来到南京以后，不打算再侍弄花花草草了。梦想越来越轻，喜欢的东西也越来越少。他有时候夜里做梦，梦见自己依旧置身八十平方米的仓库；岳父母、妻子、女儿的嘴唇一直在动，应该是对他说着什么，但是他听不见；电视的画面跳转不停；一群又一群面目模糊的人正络绎不绝地涌进屋子……睡梦中，他感觉氧气越来越稀薄，胸口闷得像压了巨石。

爱情不会长久，爱情都会死掉，亲情才是维系长久关系的灵丹妙药。从爱情到亲情的过渡，需要人们足够包容，学会妥协。这个道理夏阡的父亲曾告诉过他，可是父亲说完之后，叹了一口气，劝夏阡还是别听他的鬼话，因为他自己就是一个失败者，一败涂地。五年前，他和母亲狼狈地结束了婚姻。

夏阡以为有了父亲的教训，自己不会重蹈覆辙。事实上，他并没有做得更优秀，苦心地经营换来的不过是一地鸡毛的局面，八十平方米的家终日充斥着争吵和戾气。他终于没有勇气再承受这样的生活。

从睡梦中惊醒，屋子里漆黑如墨，看不见家具的轮廓。夏阡发现自己并不惧怕孤单的生活，惧怕的反而是不能一个人，这也许是唯一值得庆幸的事情。

搬到南京生活之后，夏阡喜欢去人少的地方晃荡。他走在古老城垣上，隐约嗅到了春的气息。玄武湖的湖水一平如镜，对岸是交错的高架路和鳞次栉比的楼宇，人来车往，欣欣向荣。他坐在石阶上，认真而持久地思考自己究竟想要什么样的生活。他用最简单的词语，把最具体的想法记在了本子上：

1. 一个人住；
2. 买喜欢的东西，及时扔掉不喜欢的东西；

3. 每周写一篇完整的文章，哪怕只有 1000 字；

4. 在媒体找一份编辑的工作；

5. 用在上下班交通上的时间不超过一小时。

他暂时只想到五条，以后会随时增补或者修改。这样的做法卓有成效，往后的日子在他的脑海里有了清晰的轮廓。

夏阡想创造一些能够留存下来的东西。"价值"，这个没有实质含义的词，一直让他纠结不已。一份工作从毕业持续做到现在，还是常常自问有没有价值。他现在明白过来了：自己是一个平凡人，所从事的任何工作都不过是在用针挖井——有价值，但微不足道，短期内未必见效；也许穷尽一生也不见得会把井挖好。那么，奢望伟大结果的出现未免太虚妄了，只要挖掘的过程是快乐的，就值得倾注生命。

在还没有成为以胡编乱造为本事的编剧之前，夏阡想写一个故事，在题记里写上自己想对一个姑娘说的话。如今，姑娘已为人妇，而故事还没有写完。时过境迁，他已无心提笔，就草草为故事画上句号。故事的容量远远小于最初的期望，它最终发表在一本花哨的言情刊物上，用的是编辑硬塞给夏阡的笔名。收到了一张稿费单，他就搬家了，样刊没有收到。这个故事就好像不是他的了。

生活就像开水冲泡的方便面调料，蔬菜还是本来的颜色，但味道和营养已经流失殆尽。最初的美好期许，常常在生硬的现实中变了味道。

　　夏阡在南京买了一辆二手车，闷在家里久了，他就开着车去郊外兜兜风。这让他想起刚毕业时的日子，只是心境早已大不相同。

　　毕业前，夏阡谋了一份差事——一家广告公司的文案。那时候他什么都不懂，却要假装什么都懂。觍着脸给人家写策划案，他觉得自己就是在扯淡。但他喜欢那份工作，并且自告奋勇去做司机。每次有开车出差的机会，他心里就暗暗高兴。这一切都是因为迷恋开着车看雪的感觉。那座城市在冬天频繁地下雪。天地间素白一片，雪花飘飘荡荡，落在地上悄无声息。路上几乎没有别的车，他顾自开着车缓慢前行，心特别地安静。同事好像也被巨大的安静震慑了，心照不宣地不说一句话。

　　夏阡只是喜欢在落雪的冬天游荡，就抢着开车，就欢迎出差，就一直坚持一份工作，傻傻地梦想着一个体面而热闹的未来。

　　如今夏阡想想，自己竟经常因为那些细微的期许而去做某些事情。比如，只是因为想种点花花草草，养几条鱼，就拼命要买一个有院子的房子，虽然大家都不喜欢住在底层，他们说底层采光不好，而且夏天蚊虫多。

只是想有个姑娘和他写情书，在众人羡慕的目光中接过生活委员递来的信，怀着期待展开信纸，只是被这些莫名其妙的感觉蛊惑，就偷偷早恋了。

长大之后，他又因为贪恋爱情，过上东奔西跑在所不惜的日子，机票和车票叠了厚厚一沓，然而感情终究敌不过距离和现实的种种。

只是为了想要安静，避开无谓的争吵，他竟然就走到了一个人生活的地步。以为舍弃了身外之物，就算潇洒就算生猛，自由就随之而来——根本不是这样。按照自己理想的方式生活，哪怕微不足道，也要付出很大很大的代价。

这一切都那么虚妄，生活就像被脱干了水分、委身于真空包装袋的蔬菜，变了味道。如何才能超脱？

也许这个问题并不存在，当一个人慢慢成长之后就会知道，这样或者那样，都只是选择了一种生活方式罢了。

夏阡想通这一点的时候，冬天来了。有一天，他开车从郊外回来，路边有个妇女，看见他的车开近，就不顾一切地挥手，示意他停下。

妇女的身后放着一个大铁锅。她已经在冰天雪地的路口站了半个小时，能够载她回家的车一辆也没有等来。她说愿意出五块钱，她说这条路正好穿过她住的小镇，她说这口锅和一大袋白菜也不过三十元，她说五块钱的车费不少了。她用藏青色围巾包住了半个脸，她的方格子大衣夏阡的妈妈也有一件，雪花落在她的头发上又融化了，她的头发湿漉漉地紧贴头皮。她是一个被遗忘在飘满雪的冬天的人。

　　夏阡让她上了车，她显得很高兴，一直说"谢谢"，黑黑的脸上泛着红光。她开始跟他有一茬儿没一茬儿地搭话，说自己住在远郊的乡下，家里自己养猪养鸡，偶尔背一篮自家的鸡蛋到城里来卖，某小区的大妈跟她很熟云云。

　　她谈论着最淳朴的生活，可能她所知道的也就仅仅这些。他们活在两个不同的世界里，那一天却相谈甚欢。

　　夏阡突然感到一种莫名的高兴，觉得一个人生活着好像也不是一件多么艰难的事情。《圣经》上说，我们一直仰赖陌生人的恩慈。正如在那条彼此孤单的路上，他们仰赖了彼此的恩慈。

陶醉吧，大龄青年

义无反顾地爱过，
你就是一个富裕的人。

阴天就用来伤感吧

阴天，你好。

我已经痛恨你很久了，今天我想一吐为快。

你几乎和风、寒冷、不痛不痒的雨相伴出现。就在我给你写这封信的此时此刻，你徘徊在窗外，阴魂不散，冷风掠过屋檐，从每一道缝隙挤进屋里来。姗姗来迟的春天被你稀释得无踪无影。我讨厌你，是因为你没有暴雨天的痛快，没有细雨天的浪漫，没有晴天的明朗，没有雪天的温柔，没有炎夏的热烈奔放，也没有隆冬的冷酷到底。我讨厌你，是因为你模棱两可，态度暧昧，不温不火，有气无力。只要有你的存在，我的情绪就毫无例外地陷入低沉、阴郁的深渊中，无法自拔。

你摆着一副灰色的臭脸，是打算把我恶心到底吗？你把阳光遮蔽，把雨水阻挡，把天空的宝石蓝涂抹成丑陋的浅蟹灰，你以为自己是上帝啊？你难道没看见全世界的动植物都在一个劲地朝你翻白眼吗？你难道就没有哪怕一点点自知之明吗？你就不能顺应群众的意志滚到九霄云外自个儿凉快去吗？

我和前任女友分手的时候，你在场。当时我们都被怒火点燃了大脑，谁都想在两个人的世界里占上风。我们把人类进化了数千万年才积攒的一点点理智摔在脚下，踩得稀巴烂。我们搜肠刮肚，穷尽了在教科书里学到的所有词汇去伤害对方。我们互放狠话，口口声声说再见，再也不见。你当时为什么不劝劝我们？其实，吵架的原因不过是比芝麻粒稍大一点儿的破事，怎么莫名其妙地就发酵成了导致三年真情破裂的罪魁祸首？

我和女友分道扬镳，走在一条灰尘飞扬的破路上。我像一只漏气的皮球，走着走着就瘪了。我后悔了，我有病吧——就不能少说一句，像从前一样花言巧语地哄哄她，死皮赖脸地求她开恩？如果时光倒转，我应该牵着她的小手走在开房的路上，或者和她共进一顿充满资产阶级情调的晚餐。到底什么地方出错了？我仰起头，见到了你惯有的阴郁面孔，一定是你这个该死的家伙把坏心情传染给了我，让我做出如此没心没肺的事情。

我以为自己还能把时光掰回到口出狂言的前一秒，直到她成了别人的女友，彻底成为我的前女友，我才明白自己不是岁月神偷。我获知残酷真相的那一天，你在场。万念俱灰的我坐在硕大的足球场看台上，与阴森森的你对峙，感觉自己是被全世界遗弃的一颗石子。你见证了我的悲伤，但是你没有给我任何安慰。如果换为晴天，暖融融的阳光照射在身上，我会感觉好一点。偏偏陪伴我的是你，我伤心到连讨厌你的力气都没有了。

后来我发现，让自己痛不欲生的不是丢失了三年的感情，而是被抛弃的事实把自尊心击打得粉碎。我太在乎自己的感受了，我太自私了，这就是我为什么把爱人弄丢的原因。世上没有不公，所有的结果都是自作自受，正是自己所做的一切造就了此时此刻的我。我已经没有机会把这些悔恨和感悟诉说给爱人听了，只好写给你，因为你是见证人。如果你不想听，就当我在放屁好了。

大学毕业后，我去魔都追寻梦想，住在一间始终弥漫着酸腐霉味的群租屋里，每天演绎着活生生的菜鸟求职记。那段时间，你隔三岔五就自说自话地来陪我。我奔走于魔都的格子间，遭遇一次次温婉的拒绝，心情灰暗。你总是适时出现，在我可怜的自尊心上撒一把盐。那天，我乘坐一个多小时的公交车赶回住处，天已经黑了。为了让自己看上去得体一点，出门时我只穿了单薄的职业套装。晚上寒风乍起，被冻得浑身发抖。在路边摊买一份蛋炒饭，幸运地吃到了三颗石子和无数盐疙瘩。本打算找摊主理论，后来想想，人家顶着寒风为人民服务也不容易，还是算了吧。

祸不单行，就在第二天，出租屋的洗衣机水管接头脱落，水漫金山。我的床就铺在地上，所有行李都在行李箱中，而行李箱也放在地上，它们不出意外地全部被水浸透。房东毫不关心我们的境遇，大声嚷嚷着让我们赔偿被水损坏的家具。我把行李打捞上来，拧干衣服，然后用平生最诚挚、最坚定的口气对房东说：滚。如果那一天他不是识趣地退出了房间，一定被我摁倒在地。因为你的在场，被子和行李在阳台晾了好几天都没有彻底干透。我只好在廉价旅馆一住再住，每天晚上都听到隔壁房间做爱的声音。

我为了职业选择愁肠百结的时候，你在场；我徘徊在街头焦虑不安的时候，你在场；我屡遭失败垂头丧气的时候，你在场；我感觉就要坚持不下去的时候，你在场；我迷惘、动摇的时候，你在场。我发现，这不是巧合，正是因为你的存在，那些困扰我的麻烦问题、侵蚀我的坏情绪才会在身体里滋生疯长。我没有足够的决绝和纯粹，我不确定自己坚持和追求的东西是不是正确，这就是令我深感痛苦的根源。

在晴朗明媚的日子里，我能够让自己恢复到力量和斗志全面飘红的热血状态，认准短期目标如饿虎扑食一般无所顾忌地往前冲、冲、冲，可是你一来，我就不由自主地停下脚步。于是，恼人的问题接踵而至。

如今，我意识到自己可以丢失的东西越来越少。感情再也丢不起，因为青春不再，自己不是那个荷尔蒙旺盛、禁得起无限折腾的少年。容我把握的东西不多了，就像那只贪得无厌的猴子终于越走越荒芜，眼前不再是琳琅满目的水果。有你在场的时候，除了伤感我不知道还能做什么。在声称自己是大龄青年都会害臊的年纪，依然被伤感这种无益的情绪纠缠着，时常怀疑人生，这是不是太荒唐了！所以我真的害怕你的出现。我讨厌你的程度有多深，我盼望云开日出的心就有多热切。当明晃晃的阳光普照大地的时候，我才觉得自己生机勃勃像个人样。难道我是绿色植物，需要通过光合作用来积累热能吗？你难道是负能量的化身吗？

虽然非常非常讨厌你，但我决定向你妥协。我意识到，是你迫使我直面问题，它们虽然惹人烦恼，却是人生的必修课。我不想平庸地过一生，不敢轻易将宝贵的时光挥霍殆尽却依然没有去做那些真正想做的事情。我开始相信时间会搞定一切。在最艰难的时候，我深信自己值得为之坚持。

信写到这里，我觉得应该坦然面对你。日夜交替，四季流转，阴晴变换，亘古至今，概莫如是；而我们都会死，所以没什么大不了。我不怕你。

我的同学为什么那么丑

陈同学是标准的鞋拔子脸，长相与历史课本上的朱元璋画像一模一样，下巴弯得像秤钩子。我们历史老师讲到朱元璋的时候，咬牙切齿地说：这个家伙，文武双全，什么都好，就是太丑了，丑得不得了，要怎么丑就有怎么丑。反正我实在不好意思这么形容陈同学。

高二分班之后，陈同学就成了我的同桌。我那时候是尖子生，除了英语差点，其他都还行，语文特优。成绩好也就罢了，关键是人长得帅。我爸的朋友见我就夸：哎呀，公子真是一表人才。这样的话我听得多了，没当一回事。我的意思是：帅得这么明显，还用说吗？大家应该能猜到，我那时候很狂，有点儿目中无人。

高二的时候，赶时髦的同学开始早恋了。我义无反顾地加入其中。当然，第一次谈恋爱，经验值为零，现在回想起来，简直傻到可笑。当时的情形是这样的：新学期伊始，教师节和中秋节赶到一块儿去了，学校破天荒地放三天假。放假前天晚上，我高一时的同桌顺子在走廊喊我的名字，这时候我们已经不同班了。听到喊声，我赶紧跑出去，让他别嚷嚷了。他说不知道我被分到了哪个班，说完就递给我一张纸条。

我问：什么玩意儿？

他说：是你们班英语课代表让我转交给你的。

我纳闷极了：我们班英语课代表的纸条，怎么会让你交给我？

他说：因为课代表以前的同桌现在是我女朋友。

我问：课代表给我纸条干什么？

他说：她是要泡你。

我打开纸条，上面写着：晚自习后校门口见。字很丑，像小学生写的。

于是，我和我以前的同桌，课代表和她以前的同桌，拼成了两对恋人。

离晚自习结束还有四十五分钟，我拼命想看清课代表的模样。在此之前，我没注意过她。如果她是语文课代表，或者数学课代表，哪怕是政治课代表，我都会多看她一眼。可她偏偏是我不喜欢的英语课代表。我的意思是我不喜欢英语，结果连英语课代表也不喜欢了。不过既然她泡我，我就要义无反顾地被她泡，不然怎么算男子汉？有那么一瞬间，课代表回头看了我一眼，不过很快就回过头去，若无其事地埋头看书了，但是我觉察到她对我的关注了。

放学后，我如约在校门口等待，顺子很快也到了。我们看到课代表和她以前的同桌推着自行车走出校门。他们三人都走读，只有我一个人住校。穿过马路，从学校涌出来的人潮就四散开去，顺子无比自然地牵着他女朋友的手，走在前面，我一下子无所适从起来，心里纠结了一会儿，还是没勇气牵课代表的手。我们打算在学校附近的奶茶店喝奶茶。

我说：离学校这么近，会不会被老师发现？

我的潜台词是：能不能躲远点儿？早恋在我们学校是大忌，一旦发现，就有被开除的危险，起码得叫家长来谈话，太麻烦了。顺子说：没事，管那么多干吗？然后就上去了。我只好跟上去，自始至终，我都提心吊胆的，奶茶当然喝得没有滋味。

在奶茶店明媚的灯光下，我终于看清了课代表的模样。

通过对比，我发现顺子的女朋友更漂亮，皮肤白白的，还穿着裙子，明朗的表情里透着一点点骚，正正好。我的女朋友却戴着眼镜，眼睛藏在镜片后面，有点捉摸不透，而且刘海儿有点长，都遮到眼睛了，她时不时地甩一下头发，在我看来，这个动作简直矫情死了。总之，喝完奶茶，我发现课代表不是我喜欢的类型。我可能更喜欢顺子的女朋友，但是顺子是我好哥们儿，我怎么可能去喜欢他的女朋友呢？所以我非常失望。从奶茶店出来后，我说宿舍快关门了，就独自走了。

　　第二天，我们又相约去逛街。顺子牵着他女朋友的手（我很纳闷：他怎么就那么理所当然地牵上了女朋友的手），他看到我和课代表像陌生人一样并肩走着，觉得不可思议，说：你们干吗不牵手啊？他这么一说，我反而坚定了决心，索性离课代表远远的。于是气氛被我弄得很尴尬。当时的我真是个傻叉。后来顺子还给他的女朋友买了小礼物，记得是一个铜制的蝴蝶胸饰，女孩当场就别在衣服上，笑得像花。而我一毛不拔，还一副若无其事的样子。我想：如果时光倒转，重新来过，我不会那样了。

　　自此之后，我们就再也不说话了。一直到高三毕业，课代表一直是课代表，她从来不理我，视我如空气，发作业本

的时候都是远远地扔给我。她一定恨死我了。不，我都不配
她恨，她肯定是鄙视我。

　　我的第二场恋爱就和陈同学有关系了。当然，我不是与
陈同学恋爱，他是男的。我说的有关系是指：陈同学在我的
这次恋爱中一直担当着电灯泡这个角色。

　　我那时候喜欢上一个假小子，假小子有一个很俗的学
名，为了隐私，我还是不说姓了，反正名字叫芳芳，就是村
里有个姑娘叫小芳的芳芳。芳芳成绩很差，考试基本上就是
抄我的试卷，我当然乐意给她抄，这是我对她献媚的主要方
式。芳芳一头短发，经常穿衬衫，从不穿裙子，坐在后排，
混在男生堆里，偶尔爆粗口。不过，你要是以为芳芳没有女
人味，那简直就是挑战我的品位。事实上，芳芳跟男人比起
来，还是很有女人味的，比如说话的声音特别甜美，嘴唇薄
薄的，泛着晶莹剔透的光，看上去迷人极了。她有时候往桌
子上一坐，双腿直溜溜地垂下来，好看得不得了。在我看
来，那些坐在前排的女生，成天埋头学习，连下课也不用去
一趟厕所，真是不近人情，而芳芳那么自然，是个活生生的
人，看得见摸得着，怎么能不让人喜欢呢。于是我就喜欢上
她了。

然后我就写纸条给芳芳，写好纸条，就戳戳她的背（其实她就坐在我前面），芳芳头也不回，只是伸手接过纸条。我在纸条上写：下午放学后去逛街，请你喝奶茶。芳芳写的是：我想吃鸡腿。我就接着写：那就吃鸡腿吧。

　　自始至终，都与陈同学没有一毛钱关系。可是，每到最后时刻，我总是不争气地对陈同学说：下午一起逛街吧。每次陈同学都高兴得满口答应。

　　之所以要叫上陈同学，是因为我还不确定芳芳那时候也喜欢我。因为据我所知，任何一位男同学请芳芳吃鸡腿，她都满口答应。而在我看来，互相传递纸条、逛街、男生请女生吃鸡腿，就等于在恋爱了。不过我知道这是一厢情愿的想法，芳芳不一定这么想，所以在进一步确定关系之前，我叫上陈同学，掩饰我对芳芳的痴痴一片心。

　　于是逛街。陈同学完全不能领会我对芳芳的特殊感情，走路的时候还时不时地插到我和芳芳之间，他的大嘴巴不停地聒噪，喧宾夺主，芳芳一直在听他说话，我反而显得有点多余。我给芳芳买的礼物他也说不好看，还把我以前那段不成文的恋情抖了出来。芳芳听完，很认真地问我：真有这事？天哪！你还跟那个死女人谈过恋爱啊。我忘记说了，芳芳最讨厌英语。

我对陈同学的好感从那天开始就一落千丈。刚刚成为同桌的时候，陈同学视我为偶像，逢人就说：这位是我哥们儿，在咱们这个学区，他的作文写得最牛，谁敢说写得比他好，我不服。我听着很受用，迅速与他建立了友谊。

很快我就发现，陈同学的哥们儿可远远不止我一个，十三班的奥赛冠军是他哥们儿，二班的飞行员儿子是他哥们儿，五班的那个打球像艾弗森的人是哥们儿，就连那个经常在校门口敲诈勒索的小混混也是他哥们儿，真受不了。我算明白过来了，他的哥们儿确实不少，但是他的哥们儿可从来没把他当哥们儿。他口口声声说我是他哥们儿，我现在却有点鄙视他。我觉得他不过是在掩饰自己的自卑罢了。

陈同学被人识破之后，就更不受别人的待见了。有一次，他与另一位同学发生了冲突，两个人拉扯在一起，显然，陈同学不敌对手，不过他嘴上不肯认输，放出狠话，说某某地方的扛把子是他好哥们儿。这时候，他的对手指着我说：你不是一直说驴（我那时候的外号叫驴）是你好哥们儿吗，驴，你现在说，你是不是他的哥们儿？

我当时没怎么思考，就说：不是。

我记得当时陈同学缩了缩脖子，然后上课铃声就响起了，大家就进教室了。

后来芳芳对我说：觉得陈同学也可怜兮兮的。

从那以后，我经常担心陈同学偷偷害我。据我所知，自尊心经常受到践踏的人，心理往往扭曲、变态，保不准做点儿出格的事情。我想过向他道个歉什么的，但是一直开不了口，时间很快就过去了，这件事好像也不了了之了，大家都没有再提起过，我也还活得好好的。

关于我和芳芳的恋情，其实没有下文了。因为学业繁重，我慢慢学得有点吃力了，尤其是英语，越来越讨厌了。做不完的作业，没有时间谈恋爱。不过我对芳芳的喜爱，一刻也没有停止过。一直到高考之前，我都无偿地让她抄我的作业和试卷。

我不知道这些事情，能不能勉强叫作青春。回想起来的时候，还是莫名地有几分感慨。

一个人漫无目的地走来走去，有意思吗？我也曾认真考虑过这个问题，只是还没有答案。我想，只要是个人，总有癖好吧，这是我的癖好，所以也就无可厚非。当我这么想的时候，就心安理得地继续走来走去了。

其实也不是漫无目的。我觉得我是在寻找或者逃避某些东西。我不喜欢人多的地方，不喜欢人声鼎沸的地方。干脆这么说吧，我有恐人症。看到攒动的人头，密集的晃动的人影，就莫名其妙地烦躁。为了离远一点，我尽可能地寻找犄角旮旯儿，或者驱车到荒郊野外。这不就是一种目的吗？

另外，每一次出发的时候，我都是怀揣着目的的，比如要把某一件事情想清楚，理出头绪。只不过这样的目的往往落空。当我走来走去的时候，不知不觉就真的漫无目的了。我以为自己在想事情，其实什么也没想。我没有思想家的专注，总是难以集中精神去想透一件事情。发呆的时候，经常被人误以为心思萌动，其实脑子里完全是空白的。大多数时候，我对此不以为意。漫无目的就漫无目的吧，干吗非要有目的呢？

我认识的很多人却不这么想，尤其是我以前的老板，他说，世界上最大的成本是时间，每分每秒的逝去都是不可挽回的。所以，他出门在外，交通工具永远选用最快的，首选飞机，退而求其次，也是打的。而我首选公交，钟情于走路。他说：花钱坐飞机，可以节省时间，省下来的时间可以用来赚更多的钱。我觉得他说的在理，他的做法也非常正确。但我还是喜欢慢吞吞地走路。我是贱民，活该穷命。

至于自己为什么喜欢走路，我的理由是这样的：首先，我不喜欢开车，因为在我生活的这座城市，停车永远是一个麻烦；还因为我老觉着开车不安全，害怕撞到行人，也害怕蹭到车，这些事情一旦反生，处理起来是很折磨人的。其次，我不喜欢坐车，现在的车绝大多数都是一个密封的矩形，车窗紧闭，长年累月不通风，车里的气味总是像腐败物发酵后一样难闻；还有就是只要一坐车，我的颈椎和肩膀就开始隐隐作痛。

当然，这些还是可以克服的，每当我不得不出远门的时候，还是坦然地开车或者坐车。只是在路途并不遥远的情况下，我总是义无反顾地选择双脚这种古老的交通工具。我走路花掉的最长时间是一个下午，至于最远走过多少距离的路，我没有计算过。

有一次，我要去一个比较偏远的小镇。无车可坐，最后只好听从了"黄牛"的吆喝，上了一辆来路不明的车，然后毫无悬念地被丢在离出口不远的高速路上。我背好行李，翻过高速路的护栏，来到与高速路并行的一条泥路上。路很狭窄，差不多容许两个人并肩而行，路的一旁是高耸的白杨树，另一旁是黄灿灿的稻田。深秋时节，夕阳像女人柔软又温暖的皮肤。我慢吞吞地走啊走，突然觉得这趟旅行也不是那么倒霉，即便把自己弄丢在这么一个地方，又有什么大不了呢？

路走多了也非常无聊，沿途的风景大同小异。所以基本上可以断定，我不是为了欣赏旖旎风光才喜欢走路的。我只是非常享受漫无目的地走来走去这件事。当我做这件事的时候，感到自在、放松、舒适，以及小小的愉悦。

有时候，我孑然一人走在地球的表面，脑子里会不自觉地冒出许多词，比如理想呀，价值呀，成功呀，人生呀，什么什么呀，总之都是些意义含糊、虚妄又空泛的名词。想到这些家伙我就心烦，于是不由自主地奔跑起来。风从耳边掠过，发出呼呼的声音；沿途的风景纷纷后退，那些让人心烦的家伙仿佛也被远远地扔到了身后。

　　在路上走来走去，最担心的事情就是碰见熟人。只是远远地看到他们的身影，整个人就局促起来，脸上不得不挂起笑容，脑子里拼命想问候的话，等到了近前，还得假装出因为意外相遇而惊喜的样子。然后就假惺惺地嘘寒问暖，最后是依依惜别。我猜想，对方也一定像我一样感觉别扭和虚伪吧。

　　当然，这是小概率事件。大多数时候，迎面而来的都是陌生面孔，可以熟视无睹，想象着他们像风一样从身边穿过，不用停下来与他们互致问候。活在人类社会，难免要敞开自己。个人的感情和力量会被众人稀释。只有一个人独处的时候，才会感觉到心里的情绪慢慢发酵，愈加浓厚起来。

　　我意识到，我最爱的人是我自己。

　　漫无目的地走来走去，我在心里默念美国诗人蒂丝·黛尔的《孤独》：

随着岁月的流逝/我的心渐渐地充实/应酬渐少/不再像年轻的时候/与每一个相遇的人分享我自己/心里有的话/也不用再把它说出来/他们来了/走了/都是一样的/只要我一个人还拥有力量/在一个夏夜爬上山巅/看成群的星星朝我涌来

踽踽而行的时候，脑海里莫名其妙地就会闪现出女孩的影子。我觉得无可厚非，恰巧证明了我的男人本性。荷尔蒙疯狂分泌的时候，我喜欢漂亮女孩；慢慢地，我还是觉得温柔似水的女孩好，现在我不知道自己喜欢什么样的女孩了。也许是这样的——我走在一条貌似没有尽头的小路上，天地交接的地方布满了酡红的霞光，秋天的旷野苍茫无际，一个女孩在不远处向我招手，她大声说：嗨，你这是要去哪里？她的口气就好像我们是熟人似的。于是，我也大声回答：不知道啊。然后女孩说：太好了，我也不知道去哪儿，那咱们一起去走吧。

于是秋天深了，夕阳醉人。

你不想
把扯淡做得如此彻底

那天，你从客户那里回来，同事开车，你坐在副驾驶座上，把资料一股脑儿地塞进电脑包。车穿过一段正在整修的路面，扬起了灰尘。几个灰突突的工人在阳光和尘土混合成的混沌中挥动着手里的劳动工具。某一瞬间，你觉得自己西装革履的样子看上去很禽兽。你早上八点出发，车在高速公路上飞驰四十分钟，果断地为地球贡献PM2.5。你屁颠屁颠跑到客户的地盘，煞有介事地充当顾问。为了说服客户签单，你和同事精心设计，你一言我一语地轮流忽悠。你成功了，做成了世界上最难的两件事：把自己的思想装进别人的脑袋，把别人腰包里的钱装进自己腰包。你心满意足地拍拍屁股，走起。

你在城市CBD的高端写字楼里办公，主要工作方式是点击鼠标和思考。当然，没人知道你究竟是在思考如何多快好省地搞定工作，还是在思考如何泡到腿长波大的漂亮妞儿。在椅子上坐累了，你会端起正品纯白骨瓷的大号马克杯，去饮水机前冲一包速溶咖啡，然后和说话嗲里嗲气酷似林志玲的前台美眉语言调情五分钟。每天早晨，你准时来到办公室，吃早点，刷微博，浏览娱乐资讯，与邻座的同事讨论重大头条，忍不住牢骚几句。你把沟通放在嘴边，你说知识型员工的重要工作内容就是沟通，上下级沟通，平级沟通，跨部门沟通，外部客户沟通，360度全方位无死角地沟通。说得完美无瑕，说得天花乱坠，可是说完了也就完了，行动的落实总是滞后、缓慢、艰难以及鲜有成效。

有些简单的事情被你整复杂了，有些明了的道理被你整玄奥了，有些不紧急的事情被你整得迫在眉睫，有些不必要的事情被你整得不做就会死，因为只有这样，你的存在才会更有价值。你用漂亮、规范的方式展示你的工作成果，只是这成果未必能转化为实实在在的真金白银。你说着完全正确的废话，你用逻辑严密的理论体系来分析和整理信息，你看上去真理在握，但是这些对行动毫无裨益呀。最大的成本是时间成本，最大的浪费是效率低下，那些时髦而花哨的术语存在于纸面和口头时无可厚非，一旦落实到工作中，就会增加管理成本，降低组织效率。

你从事的工作有一个体面的名字。大多数情况下，这个名字意味着忽悠客户，它并不是传说中包治百病的灵丹妙药。事实上，灵丹妙药根本不存在。那些随便的承诺、言过其实的宣传、水分十足的包装，只是为了让客户在付钱的时候利索一点。你每天把自己装扮为成功人士，囫囵吞枣地阅读一堆理论，用貌似高深的理论武装自己，其实你心里清楚，这不过是底气不足的另一种表现。你奔走在去客户的路上，大部分时间用于沟通，以便和别人达成一致。这些工作并不产生价值，却不得不做。

你觉得肯定存在另一种方式，能够直截了当地创造价值。你不愿意让时间消耗在可做可不做的事情上，你想做一些脚踏实地的工作。你不愿意昧着良心忽悠客户。你希望自己的工作纯粹，不牵扯太多的人际关系，有留存下来的意义。于是，你辞职了。

完美的工作应该符合三个条件：能够给别人提供价值的，你擅长的，你喜欢的。完美意味着几乎不存在，你只好退而求其次，选择了能够给别人提供价值同时又是你喜欢的工作。至于第二点，你觉得假以时日就可以做到。

家人表示不理解，朋友笑你傻：放弃轻松又高薪的工作，你究竟图啥？有段时间，你也后悔了，因为新的工作几乎从零开始，起步艰难，你从骨灰级大 Boss 降级为菜鸟，与小辈们共事，摇着尾巴向他们求教。你在心底告诉自己：上帝总是躲在暗处观察芸芸众生，当你竭尽全力之后，他会加倍补偿你。你给自己喝心灵鸡汤，往身体里猛打鸡血，每天对着镜子和自己说狠话，要求自己成为战斗力飘红的灿烂超人。你希望自己是笑到最后的人，对得起自己做出的选择。

你按照 SMART 法则给自己设定目标，制订了行之有效的行动计划，并且强有力地付诸实施。为了激励自己，你运用了"胡萝卜加大棒"的方法——计划未执行，你就惩罚自己不准偷看美女；计划完成，你就奖励自己一张电影票，或者一次短途旅行。刚开始你特迷惘，像一只闯入原始森林的家兔，感觉前路不可知，因此你绕了许多弯路，吃了许多莫名其妙的亏，但是你一直往前走，终于认清了方向，坚定了未来的路。你发现绕弯路和吃亏是不可或缺的过程，而且并不是一种浪费，上帝总会以其他的方式回馈你。你意识到目标是什么其实不重要，重要的是有没有目标。目标是指引和督促你往前走的，往前走才是最重要的。你讨厌被别人裹挟着往前走，你喜欢自己拽着自己往前走。

你没有伟大的觉悟，没有高远的志向，没有凶猛的闯劲，对"成功"之类的词汇不感冒，你的缺点不胜枚举，你只是一枚平凡的屌丝，像漫天飞舞的柳絮，像填满天空的细雨，像簌簌飘下的落叶，在硕大的世界划出自己的轨迹，但是没有人会在意。你之所以如此选择，只是因为你没有勇气不按照内心的想法去生活。

戴帽行天涯

我妈曾认真地告诉过我：你戴帽子真丑。我为此照了镜子，发现确实不好看。不过，我还是喜欢戴帽子。无论春夏秋冬，每逢出门，都会习惯性地抓起帽子往头上一扣。如果要出远门，帽子更是不可或缺的必带物品。干脆这么说吧，我希望在任何场合都能戴一顶帽子，当然，我知道很多场合不适宜这样做。

我在一家酒吧当服务生，为了避免广告嫌疑，酒吧的名字我就不说了。它位于一个有点小名气的创意园，据说，某部炙手可热的泡沫剧曾在这里取景。这当然不是我喜欢这个地儿的理由。

创意园门前是一条狭窄小路，大部分时间都拥堵不堪，人们好像抢钱一样抢时间，争先恐后，熙熙攘攘。商家每天都在以跳楼价亏本甩卖。从早到晚，这条街都没有停止过聒噪。园里却是另一番情景。它的作息时间与这条街相反：晨曦微露，正是它酣睡的时候；夜色辽阔，正是它渐入高潮的时候。

　　早上，园里安静得连一只鸟都没有。入驻在此的商家个个都像暗夜精灵，白天闭门深居。园子里落叶缤纷，地上铺满了秋天的意味深长。老式厂房和古旧的墙面让人仿佛穿越到了二十世纪七十年代。我早早来到酒吧，拉开硕大的铁门，铁门发出喑哑而沉重的声音。屋子里弥漫着昨天留下来的气味。我打开窗户，让新鲜的风吹进来。打扫地面和擦拭桌椅得花费一个多小时。各式各样的杯子需要擦到迎着光也看不见任何手纹的程度。做这些事情的时候，我觉得很享受，直到现在也没有厌倦。

　　几乎所有知道我做这份工作的人，都要努力表现出一点儿同情和遗憾的样子。有人刻意回避谈到我的工作，好心保护我的尊严。有人干脆说帮我托关系，谋一份好的差事。大家都理所当然地认为我混得很糟糕，不相信我是因为喜欢才做服务生的。对此我也懒得解释，反正鬼都不相信。

　　通常情况下，收拾好屋子，我就坐到东南角的圆桌边，这里是阳光最充沛、最饱满的地方。疯狂的灰尘在明亮的阳光里群魔乱舞，既热闹又悄无声息，就像晚上在酒吧里取乐的人们。我不喜欢酒吧里的酒和其他饮品，我喜欢喝茶，而且喜欢收集茶具。看到与众不同或者别致的杯具就忍不住买回来。我泡茶用的杯子换得很勤快，即便如此，还是有不少杯子无聊地躺在柜子里，没有用武之地。茶叶泡到没了味道之后，我就开始看书，或者自己和自己玩儿几局桌球，或者透过落地窗，面对室外秋色渐浓的世界，发一会儿呆。时间很容易被没有了。

做这些事情的时候，我自始至终戴着帽子。酒吧的主人规定，服务人员必须戴帽子，所以在这里，戴帽子是光明正大和理所当然的事情。

吃过午饭，这个酒吧的另一位服务生就来了。一个清爽的女孩，穿格子围裙的样子很好看。她悄无声息地进来，走到吧台后，扎好头发，换上行头，准备酒水和点心。有时候从我眼前走过，目不斜视，就好像我是一团透明的空气。我们基本上不废话，互相所知甚少。她一直在学吉他，但是进步缓慢。在第一位客人进来之前，她总要坐到高脚椅子上练习一番。她弹得疙疙瘩瘩，基本上算是噪音。有时候我抬起头，看她一眼，给了一个鄙视的表情。她回应我一个不屑的表情，然后吐吐舌头，既抱歉又无所谓地继续拨着琴弦。

　　有了客人，女孩除了服务之外，其余时间都站在吧台后沉默。我做好点心，也站在吧台后，散漫地想想心事，大多数时候什么也不想。

　　晚上，有时候会请乐队助兴。跟他们的音乐比起来，我更喜欢他们演奏音乐时的样子。低着头，或者仰着头，都深陷在自己的世界里，忽略了周围的其他人类。他们陶醉在音乐营造出来的氛围里，用声音和肢体语言表达着情绪。我觉得这与写作有着某种相通的地方。

　　乐队的主唱是一位戴帽子的高瘦男孩。灯光暧昧，他的帽檐又压得很低，所以我一直没看清他的相貌。反正也没关系，在这个酒吧，最重要的是朦胧和若即若离。大家好像共处一室，其实咫尺天涯。每个人都活在自己的世界里，却又努力地试图向外界表达自己。主唱在的时候，我小心翼翼地摘下帽子，担心有抢他风头的嫌疑。

　　我想早点睡觉，在时间滑向深夜之前，我从创意园出来，深秋的气息凉薄，白天里吵闹的街市已经偃旗息鼓，像一条死蛇，横亘在眼前。我压低帽檐，像过客一样从长街上走过，无声无息。无论何时与何地，我都希望自己不招眼，扔到人群里，就怎么也找不出来了。戴着帽子穿行在浓重夜色或者汹涌人潮时都会有这种感觉。

戴着帽子，沉默不说话，不是不与这世界表达，而是胸中自有诗意。

随便一骚，世界倾倒

反正肯定不会死，
所以尽管去折腾吧。

在这个操蛋的世界上，没有比漂亮妞儿更让人心花怒放的了，没有比谈情说爱更让人废寝忘食的了，没有比姑娘们的温柔乡、石榴裙更让人流连忘返的了。男人拼命挣钱，却愿意给心爱的姑娘随便花；男人在刀光剑影里穿梭，攻城略地，是为了让姑娘们在疆域更辽阔、风景更优美的地方玩老鹰捉小鸡的游戏；男人戒烟戒酒戒网游戒夜不归宿戒长期出远门，好不容易挤出时间，却甘愿陪姑娘做最无聊的事情；男人在健身房里闷声苦练，强身健体，晚上好在心爱的姑娘身上多赖一会儿，毫无保留地消耗掉积攒的热量。

男人这一生，最光辉灿烂的功勋就是泡到好妞，然后完全没有底线地对她好，造金屋把她藏起来，锦衣玉食把她供起来，鞍前马后把她伺候好，怎么溺爱都不过分。男人上厅堂下厨房钻床底爬楼梯，绝不让灰尘沾上她的如葱玉指。她的脸蛋是用来看的，她的嫩手是用来牵的，她的美腿是用来摸的，那些灰呀尘呀请走开。

男人这个物种，天生好色，天生是情种，注定对好妞的抵抗力为零，这简直是宿命嘛。那些因为不近美色而留名青史的男人，真的存在吗？会不会是撰史之人的胡编乱造？他们确是真男人无疑吗？反正我不相信世上真有美妞摆在眼前还纹丝不动的男人，除非他是早已被咔嚓的魏公公。美景必赏之，美食必吃之，美妞必泡之，否则就是大逆不道，天理难容。好妞就得有成群结队的臭男人追求，只有上帝眷顾的幸运儿才有福气抱得美人归，羡煞已经死了几千年的孔夫子。

姑娘们都是妖精，随便一骚就迷惑了男人的心。于是男人变得很贱很贱，不吝啬金钱，不计较时间，开几个小时的车，坐几个小时的高铁，山一程水一程，千里奔袭，风尘仆仆，只为请姑娘赏脸一起吃个饭。姑娘冷冷地拒绝了他，他的铁石心肠也碎得像粉尘。心碎之后，他还死不要脸地赖在姑娘身边，默默埋单，然后沦为拎包的拖油瓶。姑娘对他不理不睬，他就看着她，也觉得很满足，要是她回应一个笑容，那他说不定会得意忘形地错钻进女厕所。姑娘无奈地问他，你这是为什么？他耸耸肩，假装无谓地回答：喜欢你呗。姑娘继续打击他，说：可我一点都不喜欢你，我甚至讨厌你。他只是笑了笑，说：可我还是喜欢你，就是这么贱。

别看男人长得粗糙，爱起女人来，心思细腻得很呐。那个叫徐志摩的花痴，情诗里的儿女情长稠密得像糯米圆子。张信哲幽幽地唱着不老情歌，爱的潮水简直泛滥成灾。慷慨地咏叹大江东去的苏东坡，写给亡妻的词不也柔肠寸断、百回千转嘛。女人的身体里住着男人，男人的身体里也住着女人。男人女人起来的时候比女人还女人。当男人爱上女人的时候，他就变成了女人，伤心的时候会哭哭啼啼，高兴的时候会花枝乱颤，缠绵的时候柔情万种，央求的时候低声下气，摇着尾巴等女神丢个球。男人在爱情的旋涡里会变得毫无节操，像猪一样愚蠢，像狗一样谄媚，像驴一样听使唤，反正就是不像个人。

男人为什么热衷于泡妞呢？因为小妞是世间尤物呀。那细嫩的皮肤，摸一把就如触电般浑身酥麻。那婀娜的蛮腰，搂在臂弯就等于拥有了世界。那白花花的大腿，看一眼就忍不住想入非非。那顾盼生姿的眼神，电到你就让你神魂颠倒。上苍垂怜男人，于是派美妞下凡，让他们瞻仰天庭的美艳。上苍又特别讨厌男人，于是派美妞下凡，让他们饱尝求之不得的痛苦。光阴如流水，好景不常在，容颜易老，美妞在正正好的年纪，男人要是不拼命追求，那简直就是忤逆上苍的旨意。我们的一生，大部分时间都在为男男女女的事情而纠结。一个"情"字，误尽苍生。

泡妞可不是一件容易的事情，而是技术和艺术含量都相当高的活儿。你得把自己收拾干净，得培养一点儿品位，得懂点装逼技巧。要是你长得丑，那么你得温柔。要是你没有钱，那么你得有上进心。要是你嘴巴不甜，那么你得有内涵。要是你不幽默，那么你得有才华。要是你不善于制造浪漫，那么你得死心塌地地对人家好。妞们喜欢充满爱意的调情，喜欢情意绵绵的感觉。说了这么多，其实归根结底，你得拿出一颗真诚的心。姑娘们都是机灵鬼，虚情假意骗炮的伪君子终究会被识破，而且会烂鸡鸡。

男人确实比较随便，分分钟就可能喜欢上哪个小妞，我自己就是典型。但是我想说，喜欢和爱不一样。喜欢仅限于欣赏，而爱意味着占有；喜欢只是心里想想，口头上调戏，而爱需要付诸行动；喜欢没有数量限制，纯情少女、二八佳丽、风骚少妇，你想喜欢谁就喜欢谁，反正也没人鉴别你的口味，可是爱只限于一个人。我不想说法律和道德层面的东西，走到了大叔的年纪，我现在知道了：爱一个人好辛苦，情伤会永远留在心头，根本就没有忘情水和孟婆汤这些玩意儿，所以也别指望救赎了。冯唐易老，人生苦短，一生只够爱一个人。那些随便说爱的人，轻浮得像小丑。

我可不想掩饰自己对美妞的垂涎之态。虽然肆无忌惮地盯着人家看，模样确实很猥琐，但我决定不管这些了。遇见美妞必泡之，这是以后的原则。不就是搭讪吗，哼，谁怕谁啊！人生这么短，大约三万天，下辈子也不一定投胎做人了，再不抓紧泡妞就来不及了。瞧，前面那屁股饱满的大美妞，走路都能走出风情万种，不错不错！还不赶快摇身变成火柴头，和她擦出爱情火花，哪怕自己烧成灰也在所不惜。

嗨，小妞，你好！

骚小姐，
我爱你

　　我在小学五年级的时候情窦初开，并且毅然决然写了平生第一封情书，塞给坐在第三组第二排的暗恋对象，那是一位可爱又温柔的女生。她把情书连同一颗纯爱之心一起交给了班主任，她甚至都没有逐字逐句地咀嚼一下我的表白内容。我伤心得连吃了三包小浣熊干脆面。

　　费了很长一段时间，我才把自己从愚蠢的单相思中拔出来。初二那年，我开始和班上一位成绩很差但是漂亮程度与之成反比的女同学偷传纸条，放学后结伴回家，周末偶尔去人满为患的步行街瞎逛——这就是谈恋爱的节奏了。女同学喜欢穿热裤，一双晃眼的美腿把土气的中国式校服演绎得风华绝代。好哥们儿对我说：你女朋友真骚。他们这是赤裸裸的嫉妒。

后来我移情别恋，无可救药地迷上了隔壁班级的语文课代表。在一个樱花烂漫的融融春日，我把一张花哨的明信片递向课代表，上面写有肉麻的告白语，课代表作魂飞魄散状，飞奔回教室，剩下我一人杵在空荡荡的走廊。我托人给她捎去一封情书，第二天得到回信，课代表在信中义正词严地告诫我：不要早恋！隔着性感的胸肌我都能听到自己心碎的声音。

上了高中，我的三观趋于稳定，虽然在感情方面坚决贯彻随便主义，女朋友换了一茬又一茬，但是她们的共性很明显：骚。清纯的邻家女孩固然惹人怜爱，却不是我的菜。我的女朋友都误以为我是属猴子的，总是猴急猴急地要吃人家的豆腐。没有什么比跟一个不解风情的姑娘打情骂俏更让人有挫败感了，她们总是故作矜持，顾左右而言其他。

年龄越来越大，我对骚女人钟情的程度同比上涨。她们浑身上下热气腾腾的，萦绕着让你蠢蠢欲动的骚劲，她们的眼神比男人更放肆，她们明明就是在泡男人嘛！她们不作，不假装，不扭捏，不虚与委蛇。爱了就爱了，轰轰烈烈。不喜欢就是不喜欢，再多的废话也徒劳无益，她们只会让你带上负分赶紧滚粗。她们不把身体当作权力，身体是用来表达爱意和取乐的。

窈窕骚人，寤寐求之。直到沦为大龄青年，我才求得百分百骚小姐一枚。犹如一道闪电，在我乏善可陈的灰色人生中劈出亮瞎眼的一页。在一个寻常饭局中，骚小姐越过邻座的甲乙丙三人拼命对我放电，当时就摄走了我的魂魄。作为回应，我动用了一些浮夸的词汇来赞美她的脸蛋和翘臀。酒足饭饱，人将散，意未尽，我深感眉来眼去不足以解恨，于是约她出去喝点什么。她爽快地拎着包就跟我走。这一走就走出一段绕指柔的情缘。

骚小姐果然带劲，毫不忸怩作态，口吐直言，霸气侧漏，和她在一起就像呼吸空气、沐浴阳光一样自然。我们跳过冗长的铺垫，迅速从语言挑逗上升为肢体接触。她的长腿大波已经让我神魂颠倒，风骚迷人的气质更让我欲罢不能。

想做女神的姑娘们在脑海里构建一个完美的自己，然后拼命假装，使劲向那个虚无缥缈的完人靠拢。殊不知，东施效颦，不伦不类，由于修炼的时间不充裕，火候不到位，给人做作的观感。骚小姐的脑袋里没有装这个虚拟的完人，她只是天真而彻底地做自己。谁说切牛排不能碰出声音？谁说露八颗牙的笑容最美丽？谁说女生不能一口气连吃三块油汪汪的红烧肉？谁说淑女不宜穿热裤、露大长腿？谁说的谁说的！骚小姐的字典里没有这些个条条框框，她是规矩的天敌，她敢于突破底线，让循规蹈矩的人大跌眼镜。她唯一坚持的原则就是让自己感觉良好。

骚小姐们是纯天然、入口烈、有回响、活蹦乱跳、奔放洒脱、满血战斗力的妹子。沦为骚小姐，你应该感觉骄傲。

我们为什么
热衷于制造困难

　　那时候，他住在古镇一角，穿过逼仄的青石小巷，曲曲折折地拐几个弯，突然就走到了安静的小院。他住的地方闹中取静，冬暖夏凉。许多人不远万里来到这里，只为一睹它的青砖黛瓦。他在一家历史悠久的古籍出版机构任职，没人管他，轻松完成既定的工作之后，就在小镇上漫无目的地走。夕阳落下，游人渐少，商家纷纷关上了木门。小镇恢复到宁静、古旧的状态。吃过晚饭，去朋友的茶馆喝几杯，漫无边际地聊聊天。回家后，读点闲书，写写散淡文章。他以为这样过一生也不是不可以。

　　那时候，他在某事业单位供职，成天陪领导到处视察，收了大包小包的土特产回家，在亲戚朋友羡慕嫉妒恨的复杂赞叹声中体会到别样的优越感。闲得蛋疼的时候，就跑去古旧书店淘书，乱七八糟的书读了不少，却无一精通。下班后，同事们聚在一起喝酒吃肉，以谈论工作为耻。晚上回家，老婆孩子热炕头，安逸得如同养老。他以为这样过一生也没什么可以抱怨的。

那时候，他在某媒体上班，从小喽啰熬到了大Boss，工作早已驾轻就熟，他自由地到处晃荡，不用太费力气就搞定每周的工作，顺利拿到高薪。他用赚来的钱游山玩水，哄姑娘开心。看到那些为了生计拼命工作的人，都觉得自己不配拥有好的生活。他养成了自由散漫的恶习，每天睡到自然醒，玩到大半夜，讨厌一切规章制度。他以为这样过一生也不失为放荡不羁。

那时候，他在学校任教，每周四节职业辅导课，分分钟搞定，剩余的时间主要用来调戏女同学。兴致不错的时候，就混迹在学生堆里，打篮球踢足球，出一身臭汗之后回家冲个凉。穿着裤衩到阳台乘凉，微风吹过来，感觉轻飘飘的。好像自己会永远这么年轻下去。他以为这样无忧无虑又无所事事地过一生，也许是个好的选择。

然而，他终究没有这么过下去。

他终究离开了小镇，去另一座城市学画。花光所有积蓄，穷到每花一块钱都像身上掉块肉一样心疼。租住在最差的房子里，靠兼职得来的微薄收入艰难度日。只是被那个叫作梦想的玩意儿蛊惑，就轻易离开熟悉而轻松的生活，然后开始没完没了地后悔，却再也回不到当初。自己明明对未来很迷惘，却假装自信满满地对家人描绘大好前程，只是怕他们笑话自己。

　　他终究从某事业单位离职，去一个完全陌生的城市，选择了一个完全不熟悉的行业和职位。一切从头再来，从最低的起点开始。最大的挑战是寂寞，刚到陌生的地方，不敢轻易走远，担心把自己弄丢了。没有一个朋友，除了工作，每天基本上都是沉默，和通讯录里的朋友一个个打电话，只是为了说一会儿话，排解难耐的寂寞。朋友们都烦他了，他们忙着自己的事情，和他不在一个频道里，没法儿跟他有共鸣。没有人和他抱团取暖，所有冷清的夜晚只好一个人慢慢熬过去。为了让自己感觉好一点，他经常开车去很远的一个小酒吧消磨时光。进去之后，挑一个角落的座位，沉默地窝坐在沙发里，隔着迷离的灯光看台上演唱的乐队，乐队的每一个人都专注在音乐的世界里，他们的样子看上去很陶醉。这种氛围能让他感觉良好。

　　他终究没继续从事驾轻就熟的文字工作，也不打算真的泡个女同学。他跑到一家外资企业，从此丧失了大把大把的自由时间，换来的是稀松平常的加班和家常便饭的出差。常常一个人在风雪交加的晚上上高速，视线被暴雪迷得很模糊，不得不赶快找个出口下来，睡上一觉，等天气不那么恶劣了再赶路。不了解的朋友还羡慕他可以把出差当旅游，他们却没法儿体会一个人的孤单和害怕。

刚到外企的时候，一切都是陌生的。房子是出发前联系好的，抵达之后，他随便看了一下，有电有床有热水，差不多能住人，就把携带的简单行李搬了进去，交完房租，赶去公司报到。人生地不熟，感觉第一天过得匆忙、混乱。

以为会很快安顿下来，但他随即意识到自己可能把事情想得太过简单了。他很难和别人混熟，用文艺范儿的说法就是：疏离。反正除了工作上的简单交流，他就没怎么动过嘴巴。下班后当然无人聊天。租住的地方，方圆几里荒无人烟，他只好在小区里无聊地走几个来回。给朋友打电话，大家又都在忙、忙、忙，没有交流的共同背景。毕竟，不是所有人都像他现在这么寂寞难耐。后来他就懒得再打了。回到住处，坐在仅有的一把椅子上看书，看了一会儿颈椎不舒服，就起身脖子扭扭屁股扭扭，扭完继续看书。书很快就看完了，只好再去小区来回走。走着走着就走到了精神空虚的荒漠。终于知道了百无聊赖是一种什么滋味。谁要是在这个时候来看他，哪怕只是聊聊天，吐槽一下扯淡的人生，他简直愿意以身相许（仅限女性）。

为了行之有效地排解寂寞，他去逛超市的频率猛增，而且主动搭讪漂亮的导购员。超市人多，人多的地方人气旺，这正是他需要的。他就是在那个时候开始跑步生涯的，一跑就停不下来，直到现在。对他来说，跑步除了可以强身健体之外，还具有驱散寂寞的奇效。

有天下午，公司大发慈悲，放半天假，他赶紧约了一个距离稍近的朋友，开了一个多小时的车，请她喝茶。他的动机单纯，只是为了聊天唠嗑，聊以慰藉一颗寂寞的心。但是，他开车到了她住的小区门口，却被告知她临时有事，无法赴约。他说：我等你。她说可能要很久。他心一横，很久就很久吧，反正来都来了，总不能直接打道回府吧。结果他傻傻地在车里等到日薄西山，等到夜色笼罩，等到华灯初上，差点等到地老天荒了，等到的结果却是下次再见。他意识到自己被彻底放鸽子了，虽然恨得牙痒痒，但也只好乖乖回去，第二天一早还得准时上班呢。回去的路上，莫名其妙地飘起蒙蒙细雨，好像特意配合他此时此刻的黯淡心情。

好在世上还有一种东西，叫作"风雨之后见彩虹"。咬牙从逆境中挺过来，就会发现所有的付出其实是值得的。

他说起这些，完全没有炫耀的意思，没什么好炫耀的。很多女孩子，都是孑然一身，背井离乡，怀揣着自己的小梦想，踽踽地往前走。每次见到那个女孩的签名："走在漫漫人生路上，点点滴滴都辛苦"，想到她的孤单和生活的不易，忍不住地心酸。但她其实很坚强，在偌大的城市活出了自己的精彩。他这么一个粗糙汉子，有什么资格把所谓的"苦"当作炫耀的资本呢？

他也不认为悲情和苦逼就是努力。只要能为别人创造价值，就有资格活得好。用自己喜欢的方式创造价值，才是真牛逼。悲情和苦逼只能说明自己还不够优秀。

那么，我们为什么还要努力？我们为什么不安于现状，拼命去追求看不见而且风险相对较大的生活呢？

他是这样想的：我们投胎到人世，其实作为"人"的时间并不长。就像那只春光灿烂的猪，突然走运了，从猪变成人，太白金星却只让他做三天的人。于是他备感时间短暂，所以要抓紧分分秒秒去享受做人的乐趣。其实人生短暂，按照八十岁算，也不到三万天，再除去懵懂无知的童年和有心无力的老年岁月，享受"人"生的时间就更少了。下辈子也保不准投胎做猪。所以，我们得抓紧时间体验做"人"的滋味。无论是苦是酸是甜是辣是咸是涩，我们都得尝尝，只有这样，等到死翘翘的那天，才不至于躺在床上后悔地说：我这辈子还有诸多遗憾，但是已经晚了——他绞尽脑汁也想不出还有哪件事情比这更可悲的。

不敢去经历，你根本就不知道这世界有多么妙不可言。

图书在版编目(CIP)数据

我得过最重的病，是想你 / 咸泡饭著. — 武汉 ：
武汉大学出版社，2014.10（2019.8重印）
ISBN 978-7-307-13881-0

Ⅰ．①我… Ⅱ．①咸… Ⅲ．①故事－作品集－中国－
当代 Ⅳ．①I247.8

中国版本图书馆CIP数据核字（2014）第168802号

责任编辑：刘汝怡　　　责任校对：林方方　　　版式设计：刘珍珍

出版发行：武汉大学出版社　　（430072　武昌　珞珈山）
　　　　　（电子邮件：cbs22@whu.edu.cn 网址：www.wdp.com.cn）
印刷：阳谷毕升印务有限公司
开本：880×1230　1/32　　　印张：9　　　字数：160千字
版次：2014年10月第1版　　　2019年8月第2次印刷
ISBN 978-7-307-13881-0　　　定价：45.00元